民国世界文学经典译著·文献版（第九辑：法国英国戏剧）

◆ 三幕剧 ◆

Le 14 Juillet

# 七月十四日

[法] 罗曼·罗兰（Romain Rolland）著　贺之才　译

上海三联书店

**图书在版编目(CIP)数据**

七月十四日 / [法] 罗曼・罗兰著；贺之才译.
—上海：上海三联书店，2018.4
ISBN 978-7-5426-6048-0

Ⅰ.①七… Ⅱ.①罗… ②贺… Ⅲ.①剧本—法国—近代
Ⅳ.①I565.44

中国版本图书馆 CIP 数据核字（2017）第 194054 号

# 七月十四日

著　　者 / [法] 罗曼・罗兰（Romain Rolland）
译　　者 / 贺之才

责任编辑 / 陈启甸
封面设计 / 清　风
责任校对 / 江　岩
策　　划 / 嘎　拉
执　　行 / 取映文化
监　　制 / 姚　军

出版发行 / 上海三联书店
（201199）中国上海市闵行区都市路 4855 号 2 座 10 楼
电　　话 / 021-22895557
印　　刷 / 常熟市人民印刷有限公司

版　　次 / 2018 年 4 月第 1 版
印　　次 / 2018 年 4 月第 1 次印刷
开　　本 / 650×900　1/16
字　　数 / 200 千字
印　　张 / 13
书　　号 / ISBN 978-7-5426-6048-0 / I・1309
定　　价 / 74.00 元

# 出版人的话

中国现代书面语言的表述方法和体裁样式的形成，是与20世纪上半叶兴起的大量翻译外国作品的影响分不开的。那个时期对于外国作品的翻译，逐渐朝着更为白话的方面发展，使语言的通俗性、叙述的完整性、描写的生动性、刻画的可感性以及句子的逻辑性……都逐渐摆脱了文言文不可避免的局限，影响着文学或其他著述朝着翻译的语言样式发展。这种日趋成熟的翻译语言，推动了白话文运动的兴起，同时也助推了中国现代文学创作的生成。

中国几千年来的文学一直是以文言文为主体的。传统的文言文用词简练、韵律有致，清末民初还盛行桐城派的义法，讲究“神、理、气、味、格、律、声、色”。但这也在一定程度上限制了情感、叙事和论述的表达，特别是面对西式的多有铺陈性的语境。在西方著作大量涌入的民国初期，文言文开始显得力不从心。取而代之的是在新文化运动中兴起的用白话文的句式、文法、词汇等构建的翻译作品。这样的翻译推动了“白话文革命”。白话文的语句应用，正是通过直接借用西方的语言表述方式的翻译和著述，逐渐演进为现代汉语的语法和形式逻辑。

著译不分家，著译合一。这是当时的独特现象。这套丛书所选的译著，其译者大多是翻译与创作合一的文章大家，是中国现代书面语言表述和中国现代文学创作的实践者。如林纾、耿济之、伍光建、戴望舒、曾朴、芳信、李劼人、李葆贞、郑振铎、洪灵菲、洪深、李兰、钟宪民、鲁迅、刘半农、朱生豪、王维克、傅雷等。还有一些重要的翻译与创作合一的大家，因丛书选入的译著不涉及未提。

梳理并出版这样一套丛书，是在还原中国现代文学史上的重要文献。迄今为止，国人对于世界文学经典的认同，大体没有超出那时的翻译范围。

当今的翻译可以更加成熟地运用现代汉语的句式、语法及逻辑接轨于外文，有能力超越那时的水准。但也有不及那时译者对中国传统语言精当运用的情形，使译述的语句相对冗长。当今的翻译大多是在著译明确分工的情形下进行，译者就更需要从著译合一的大家那里汲取借鉴。遗憾的是当初的译本已难寻觅，后来重编的版本也难免在经历社会变迁中或多或少失去原本意蕴。特别是那些把原译作为参照力求摆脱原译文字的重译，难免会用同义或相近词句改变当初更恰当的语义。当然，先入为主的翻译可能会让后译者不易企及。原始地再现初时的翻译本貌，也是为当今的翻译提供值得借鉴的蓝本。

搜寻查找并编辑出版这样一套丛书并非易事。

首先确定这些译本在中国是否首译。

其次是这些首译曾经的影响。丛书拾回了许多因种种原因被后来丢弃的不曾重版的当时译著，今天的许多读者不知道有所发生，但在当时确是产生过一定的影响。

再次是翻译的文学体裁尽可能齐全，包括小说、戏剧、传记、诗歌等，展现那时面对世界文学的海纳百川。特别是当时出现了对外国戏剧的大量翻译，这是与在新文化运动影响下兴起的模仿西方戏剧样式的新剧热潮分不开的。

困难的是，大多原译著，因当时的战乱或条件所限，完好保存下来极难，多有缺页残页或字迹模糊难辨的情况，能以现在这样的面貌呈现，在技术上、编辑校勘上作了十足的努力，达到了完整并清楚阅读的效果，很不容易。

“民国世界文学经典译著·文献版”首编为九辑：一至六辑为长篇小说，61种73卷本；七辑为中短篇小说，11种（集）；八、九辑为戏剧，27种32卷本。总计99种116卷本。其中有些译著当时出版为多卷本，根据容量合订为一卷本。

总之，编辑出版这样一套规模不小的丛书，把世界文学经典译著发生的初始版本再为呈现，对于研究界、翻译界以及感兴趣的读者无疑是件好事，对于文化的积累更是具有延续传承的重要意义。

2018年3月1日

［法］羅曼·羅蘭（Romain Rolland）著　賀之才　譯

# 七月十四日

中華民國二十三年四月初版

# 弁言

法蘭西之大革命，爲全世界民族闢一新紀元，而大革命之成功，實基於七月十四日刼取巴士底砲台之一役。

當時人民憔悴虐政，如水益深，於是盧梭、服爾德輩起而爲文字鼓吹，提倡民權，又値北美離英獨立，其影響及於好動之法人，革命之機醞釀蓋已久矣。然初無具體之計劃與健全之組織也。乃未幾而一夫發難舉國雲起響應，斬木揭竿，不崇朝而坐得巴士底之險要，巴黎之屏藩旣失，政府益張皇失措，而民黨得寸進尺，遂獲顚覆王室，創建共和，至今法人以是日爲國慶，永誌不忘，良有以也。

著者之旨趣，在『重新點燃國民的英氣和信仰，發出共和的火焰，使一七九四年未竟的事業，完成於較爲成熟較爲明瞭自己的命運之民族手裏。』故極意描寫當日之革命精神，如火如荼，維妙維肖，能令讀者油然興起，不啻身歷其境，間足爲世界革命運動之絕好資料也。

羅氏以音樂家而兼文學家，故所著戲劇，尤爲嗆炙人口，其先後所作，有如（一）七月十四日。（二）當通。（三）羣猴。（以上三種原名革命的戲劇。）（四）聖路易。（五）哀爾帝。（六）理性的勝利。（以上三種原名信仰的悲劇。）（七）律呂律。（鼓吹非戰主義，爲羅氏代表作品。）（八）愛和死的把戲。譯者行將全數陸續刊出以餉國人。

譯書之難。以原文之雙關語爲首屈一指，譯者於此點，再三注意，務求不失原旨，而辭藻之工拙，有時反無暇計及，讀者諒之。　　譯者識

# 著者自序

著者在本劇裏，所求精神上的確實，重於歷史上的。他以爲在一種可泣可歌的大故裏，不應當拘泥史事，像他所著的『當通』劇本一樣。在『當通』裏頭，他只是緊貼着幾個主要角色的心理，因爲劇情的全部，集中在三四位大人物的靈魂裏。本劇的情形，却絕對不是那樣：在林林總總的人海裏，個人終被漂沒了。大凡表現海上的風濤，不在乎描寫各箇的浪頭，應當描寫大海的掀播。細情末節的眞確，沒有如火如荼的全部事實關係重大。今人往往抹煞活人，而將歷史上的遺聞軼事，極意鋪張，逾越尋常，那末免有些虛僞，並且令人不平了。更使過去的力量廻轉過來，要重新振起牠的作事的精神，不要冷靜地描寫古代英雄的裝束而反忽略其性格以滿足少數「愛美的」之好奇心；要重新點燃國民的英氣和信仰，發出共和的火焰，使一七九四年未竟的事業，完成於較爲成熟較爲明瞭自己的命運之民族手裏：這便是我們的理想。我們雖沒有能力使牠實現，總該有能力向這方面盡量的工作。藝術的結果不是夢，乃是生命。人生的活劇，是應當從戲劇裏產出來的。

羅曼羅蘭

# 登場人物

何施(Lazare Roche) 二十一歲，身長瘦，髮目均黑，自鼻之中部至左頰，有傷痕一道，小口，美鬚，牙齦甚厚，故其愁思之深，盡然見於面。性情抑鬱，爲意志堅定之印象——一種纖細而深遠的疑惑（因於勞苦失敗，猜疑，及胸中之隱痛，故必不壽）然其英勇的歡樂天性，超乎一切，從作的時候，發出年少的笑聲，可以驚人。

【於何氏於法王路易時代，充護國軍什長，以倒戈攻巴士底砲台有功，被革命政府擢爲旅長。曾充摩澤勒前鋒總司令，累建奇勳。恐怖時代，以嫌疑入獄，尋釋出，復統大軍，平焚德(Vendée)之亂。繼任愛爾蘭遠征隊總司令，卒時年僅二十有九，史家稱爲大革命時代最偉大最純潔之人物。】

余爾(Pierre Augustin Hulin) 三十一歲，體格魁梧，髮淡黃，性冷淡，寡言，不激烈，靜默。

的笑。漠視理性，而安閑的執拗。偶值憤怒猝發，則將破壞一切。誠天生之英雄。然若無其友何施爲之模範，無善良之本能，無發洩其強健臂力之需要，則終於無所表見耳。（其爲人缺乏個性的創作力。事無大小，毫不退縮。出身雖微，日躋榮顯而不以爲怪。——厥後洊封帝國侯爵及榮譽軍司令，攻克迷朗維也納柏林而鎮守之。旋充巴黎總司令，判處昂簡公爵死刑的軍事委員會會長。）

馬哈（Jean-Paul Marat）　四十六歲，原籍西班牙，生於瑞士。身短小（不足五法尺），強健而不肥碩。——法布爾（Fabre d'Eglantine）狀其容貌，頗爲盡致。其言曰：『馬頸肥，面寬而露骨，鼻端正，短而扁，下部豐腴，口適中，其一角常因習於抽掣而帶拘攣狀。脣薄，額廣大，目作灰黃色，銳利而深透，溫和根於自然，其視線帶果決氣。眉稀少，面容憔悴作鉛色。爵多黑毛，髮櫻色而蓬亂。行路時，頭正而昂，隨臀部搖動而頻頻後仰，頗有節奏。兩手常緊叉胸前。發言時，舉動奮激。話垂畢則轉足向前頓地，突以足尖企立，似欲使身材與其議論比肩。聲音雄偉，響亮而混濁。口齒不清，往往將 c 與 s 混爲 j 音，微欠流利。然因其感人之力甚大，故人亦不覺其刺耳。懶於修飾，衣履不隨時尚，不合美感，甚至露穢形。」其在精神方面，則爲靈敏感覺之所激動，往往躁性暴發，和藹內蘊而不流露。褻瀆道德，醉心眞理，已或有過，苟有理由爲之證明，則亦勇於自承。

【按馬氏爲大革命時代最著名之政治家，專以迎合民意爲務。九月之屠殺及各種流血慘劇，馬實主之。曾創『民友』報而司其筆政。卒以樹敵過衆，爲大文學家葛萊衣之女姪刺刃死。】

戴木蘭(Camille Desmoulin)　二十九歲，業律師，目樱色，微斜視，髮黑而長，面色灰白，似犯多痰症者。貌不莊，兩顴臃腫。神色浮動，喜怒無常。有媚姿，而眉目之間，自文雅以至醜態，備具各種情緒。多巾幗氣，時笑時哭。有時哭笑齊作。生而口吃，在本劇則無庸描寫及此。而其言動容態，常有無定與矛盾之病——（幸福還沒從他身上經過——有爲獵兎的瘦犬，巴黎的頑童，膽大而顏厚，窮困、失眠與浪漫的生活，使之形容顦顇。）

【按戴爲攻巴士底砲台之主謀者，被選民黨議員，爲山嶽黨領袖之一。創辦『明燈』

及『老哥兒德烈』報（Vieux Cordelier）。始則主張戀辦穩健黨人，繼以若布士皮耳殘殺過度復著論反對，遂見惡於若若藉故陷之，與其友當通同肆於市。】

若布士皮耳（Manimilien Robespierre）　三十一歲，國民議會議員，身材適中，體質孱弱，髮作深棲色，目大而黯綠，近視，且不流動，架大眼鏡高懸額際。鼻端正，其尖微向上捲。面色灰白，唇薄。其神態常作不屑與過慮之狀，但亦有動人處。——（一種白的火燄，其靈魂尚未及覺察內部的力量，然此力量已存在着，不聲之響。及至以身命相許，不計成功，抱定高尙的、悲觀的、冷冰冰的苦行主義，才能表現牠出來。）

【按若氏後執國政，以救國委員會名義，實行其恐怖政策，凡彼所認爲政敵之革命要人，悉遭毒手，卒被國會推翻，身受斬刑。】

龔尙（混號愛國者）（Gonchon le patriote）　四十歲，皇宮花園賭場主人。——身矮胖，頭奇大，橫肉隆起，面微麻。——直一慕虛榮之賤伶。僞勇敢，喜誑語，常故作凶惡之狀，思以駭人，似扮演滑稽的迷拉波（Mirabean 民黨議員，大革命時著名之演說家。）

【按腿爲阿良公爵之所豢養。(Duc d'Orleans)公爵者，王族近支，好以小惠收攬人心，於皇宮花園租設商店，爲其黨羽之巢穴，思藉革命風潮，推翻法王路易十六，以攫大位。迨巴士底既下，革命政府告成，彼之陰謀，已成畫餅，遂與民黨極意聯絡，卒以反革命嫌疑見殺。】

萬提美(Felix Hubert de Vintimille, Marquis de Castelnau)　六十歲，侯爵，巴士底砲台總司令。

羅內(Bernard-René Jourdan, Marquis de Launey)　四十九歲，侯爵，巴士底砲臺鎮守使。

傅祿(De Flüe)　五十歲，瑞士人，瑞士軍統領。

伯加耳(Béquart)　七十歲，退伍兵。

孔姐(Louise Françoise Contat)　二十九歲，法國大戲院女優。——畫像家布審氏之畫中人物，髮金黃，體豐腴，善笑，口帶嘲弄狀，目微大，額與眼凹入，其大膽而淫蕩之態，如文豪龔古爾所云『說話的眼睛，咬人的目光。』又爲『僞君子』劇中之伊迷耳。尤其是『費加若』劇中之許蘊。『允爲法國大戲院之達利女神。』

露茜(Lucile Laridon Duqlessis)　十八歲，髮微蜷，作金黃色，身材嬌小，目黑；『其活潑有如小鬼，其露齒有如靈貓。』性溫存，有稚氣而浪漫，喜嘲弄。

【按露後嫁藏木蘭，情愛甚篤。藏被刑之日，露密謀煽動民衆，營救其夫，事洩亦被害。】

尤麗(Julie)　九歲餘，民間小女，清矐瘠弱，面微蒼白，睛作藍色。

寶棻媼(Marie-Louise Bouju)　名布許，六十餘歲。

人民　尤麗之母——男孩(七歲)——挑夫——怪癖先生——學生甲、乙——木匠——泥瓦匠——公證員——賣報人甲、乙——皇宮花園之店夥們——遊妓們——護國軍兵士們——市民軍兵士們——廢兵們——瑞士兵們——乞丐甲、乙——中級社會人甲、乙、丙、丁——游民——遊人——闊少年——工人——民婦——小孩——各種階級的人，老少不等。

# 第一幕

一千七百八十九年七月十二日上午十時左右。——巴黎皇宮花園，從富娃酒店所見的一部份。——裏面是西克台。（圓園牆繞以平臺，飾以竹籬花草。）——右邊是噴水池。西克台與花園的遊廊之間，有樹一排。——各種商店，打着愛國的招牌，如大倪格商店，國會商店，門邊伏着店夥。——遊妓們赤着胸，袒着臂，頭帶大束的花，在人羣中散步，含着誘惑的神態。——賣報人喊着賣報。——賭場主人穿着便服，蹭來蹭去，夥計們跟着他，手持短棒。——露天耍錢的頭家，臂夾摺疊的小橙，在人叢中，溜進溜出。一會兒停步，展開賭具，像地圖似的，亮出他的錢袋。一會兒又溜開了。——羣衆是蠢動的，擔心的，不知怎樣動作才好。坐於酒店前面，忽而起立。一聞聲響，就跑上前去。忽而上椅子或桌子。忽而走去，又立卽走回。人越來越多了，到幕終時，遊廊和花園裏全擠滿了。並有許多人爬上樹，掛在枝頭。——各種階級的人混合着，有挨餓的乞人，有工人，有中級社會人，有貴族，有兵有教士有女人有小孩，其中有幾個還在遊人的腿下繼續遊戲。

**賣報人**　大陰謀發覺了！……鬧饑荒了！饑荒來了！殺人的凶手們到了！

**羣衆**（喚賣報人）　喂！這裏來！

**一位平民**（很着急的問一位閱報的中級社會人）　怎麼樣啦？

**中級社會人**　唉！朋友！他們來了！德國兵，瑞士兵，……全來了！巴黎被圍了！一會兒他們便到這裏了！

**平民**　王不會准許的。

**一位乞丐**　王麼？他同他們一塊兒在沙龍大營，在德國兵營裏。

**平民**　王是法國人哪。

**中級社會人**　王雖是法國人，皇后確不是啦。那奧國婦人（指后）是恨我們的。她的強盜大將軍，老波若里那廝，發過誓要踏平巴黎。前面有巴士底的砲，後面有火星場的軍隊，我們被夾在鉗子口裏。

一位學生　他們不會動手的。倪格先生在凡爾塞，他會照顧我們的。

中級社會人　是的，只要倪格先生還做部長，我們不必完全失望。

乞丐　誰能說他現在還是部長呢？他們已將他趕走了。

大家（抗議）　不對，不對，他不走了！報紙上說他不走了……非不走不可！……好傢伙！要是倪格先生不在這裏，那便全都完了。

遊妓們（散步着）　今天甚麽都不成。他們全發狂了，他們只想着凡爾塞。

——剛纔有一個小夥子，對我盡說倪格的事。

——殺千刀的！聽說奧國婦人將我們的議員全拘入監獄了，是眞的麽？

露天耍錢的頭家（悄悄的對遊人搖動他的錢袋作響）　搖攤呀！牌九呀！樸克呀！……發財呀！先生們，快發財呀！

店夥們　今天星期日好天氣，十點鐘了，花園裏人已滿了，停一會兒更何消說呢！

——表面不錯，但是沒有大關係，他們不過都是來尋覓消息的。

——不要緊！只要我們會對付便行。

龔尙（對店夥們）　喂！孩子們，活動活動呀！蠢做生意是不行的。生意固然要做，但是也要愛國呀。他媽的！睜開眼睛罷！我先告訴你們，事情正在醞釀了。

店夥甲　你知道一點消息麼，龔先生？

龔尙　留神着！機會來了，你們各人都就各人的位罷！時間一到，便將這羣笨牛鼓動起來，同着他們叫喚。

店夥甲　國民萬歲呀！

龔尙（駡他）　快別作聲，蠢東西！——阿良公爵萬歲呀！——現在你兩樣喊法都可以；有這句口號，就可通過那句口號了。

戴木蘭（從賭場裏出來，受着激刺，面有笑容，自言自語）　輸的精光了！他們將我的錢都拿去了！——加米呀，我曾告訴過你，你會被人盜騙的。你現在高興了罷！果然被盜騙了。好罷，下次再不來就是了。我向來做荒唐的事，總會預先知道的。賴有天助，我的荒唐事一件也不缺少。……這兩個鐘頭，我倒是混過了。凡爾塞的消息究竟來了沒有？咳！混蛋！他們一班狐群狗黨，狼狽爲奸。我正等着消息，不耐煩了，賭場向我招手，我便進去混混時間。手那能閒着，身上還有別的也不能閒着，紙牌與女人就是專爲這個用的。你要是有多餘的錢，她們最會使你輕鬆的。我的口袋現在不沉重了。誰要看一個新錢包麽？糟糕！一個銅子也沒有了。

遊妓們（譏笑他，唱着）「掏爾腰包抽爾筋。一文不留在爾身。」

戴木蘭　美神的蝙蝠呀！你們呑沒了一個窮小子的錢，還自以爲得意麽！也罷，他並不埋怨你們。（唱着）

「我若再有錢和銀。還是願意送上門。」

中級社會的老人　愛賭的人的錢包，是沒有鎖的。

襲何　喂！這位相公，我看你手中很窘，我願意幫你忙，借給你三元錢，以這表鏈子作抵押。

戴木蘭　慷慨的龔尙，你想將我剩的精光，像聖約翰似的麼？你讓這些姑娘們去做罷。她們自會辨的了，並無需乎你。

龔尙　你這個要飯的小鬼，你知道我是誰呀？

戴木蘭　你是龔尙呀。這個名字所包者廣，你是首飾商，又放閻王賬，又是鐘表商，又是賭博場抽頭的，又是汽水商，又是妓院的夥計。你是一切，你是龔尙，賭場之王。

龔尙　你怎麼說起賭場來？我組織了幾處俱樂部，以消遣爲名，又正派，又自然，實則爲便於聚會，研究改良國事而設。那是自由的公民與愛國志士的會所。……

戴木蘭　你將國家放在甚麼地方？

龔尙（繼續着）……　自然人的社會。……

戴木蘭　自然女人罷。

龔尙　你瞎開玩笑。你若厚着臉皮，不尊敬一個可敬的人，你至少也要尊敬我所用爲護符的一塊招牌呀。

戴木蘭（不睬他）　甚麽招牌是『四十強盜』公司罷？

龔尙（怒極）　大倪格公司！

戴木蘭　你太挖苦倪格了，龔尙。（他瞧招牌）那一面是甚麽呢？

龔尙　並沒有甚麽。

戴木蘭　我看見一個別的畫像。

龔尙　那是阿良公爵，一個畫像的兩副面孔。

戴木蘭　一個面孔和一個屁股罷。（聽的人都笑了。龔尙搶前一步，示威着，帶着他的夥計們）得了罷，得了罷，你休叫你的御林軍來打我。你要我證明你是忠實同志麽？二面鬼的

龔尙　呀，我就給你一張證明書。你將良民的麵包搶來，分給巴黎的流氓地痞，遂使他們只有一種慾念前去爭鬭。正如古語說的『猛如虎，狠如羊，貪如狼』（原文爲拉丁文 Audax et Edax）革命萬歲呀！

龔尙　我饒恕你，因爲敵人當前，不便自相火併……又因爲你是我的一位主顧。然而我同

你約會相見於凡爾塞軍隊之前罷。

戴木蘭　他們眞來了麼？

龔倘　咳！你的臉色就變白了？——已經預備開仗了。羅頡與佛蘭德的軍隊，到了克勒耳平原；砲兵到了聖德尼；德國馬隊到了陸軍學校。大將軍在凡爾塞，同他的副官們正發下開戰的命令。他們今晚就要進攻了。

一位女人　天爺爺呀！我們怎生得了呀！

中級社會人甲　那些強盜們！他們竟將我們當作敵人看待。

工人甲（對龔倘）　你從那裏得來這消息？到凡爾塞的交通，已經斷絕了。色富橋已安上砲位，禁止通行。

龔倘　你起了疑心麼？誰疑我不忠實，我卽敬以老拳。你們這裏的人，全不知道我龔倘的爲人麼？

工人甲　我們並不疑你，你別生氣。我們所當作的事太多，那有閒工夫自相爭吵。我們問你是從那裏得着消息的。

聶倘　我不許人盤問我。我知道的就是我所知道的。我自有探聽消息的方法。

工人乙（對工人甲）　讓他去罷，他是一個好的，一個瓜瓜叫的。

中級社會人乙　老天啊我們怎麼辦呢？

學生甲　上城門口去！大家都上城門口去阻止他們進來！

中級社會人乙　如此說來，似乎我們是能夠阻止他們進來的了！你想可憐的我們，既無武器，又無戰鬬的習慣，而他們乃是國家的精兵。

學生乙　咳！他們已經進來了！那廂還有一座巴士底砲臺，像在我們身上長的一個爛瘡，慢慢的侵蝕我們，沒有方法去掉。

工人丙　呔！該死的東西！誰能替我們去掉牠？

學生丙　今天他們又調進一營瑞士兵來了。

學生丁　他們的砲，已經架在附郭的聖安端鎮。

工人丙　毫無辦法，只要那個饅頭掐住我們的牙齒，我們便毫無辦法。第一非先拔去了牠不可。

中級社會人丙　用甚麽方法呢。

工人丙　甚麽方法，我確不知道。非奪了牠來不行。

大家（帶着沮喪與不信的神氣）　要奪巴士底砲臺！（他們彼此都扭過身去）

賣報人甲（從遠處喊着）　新聞來了呀！一場血戰呀！

一位怪癖先生（身體瘦弱，衣服襤褸，帶着怪癖的樣子）　可怕的不是兵士們。他們不會進攻的。

一位學生　甚麽？

怪癖先生　他們不會進攻的。他們的計畫很簡單。他們要圍困你們，等我們餓死。

一位工人　眞的，他們若是繼續下去，我們便要上餓死之路了。我們整日在麵包場等着麵包，以致誤了工作時間。

一位女人　麵粉漸漸的少了。

怪癖先生　明天再不會運來了。

中級社會人　然而他們將那些麥子怎樣辦呢？

怪癖先生　我知道，他們將麥子埋在桑利與商帝里的石灰窖裏，讓牠腐爛，好教我們沒有吃的。

中級社會人（不信）　焉有此事！

怪癖先生　眞是這樣。

一位女人　眞的。在香檳縣，馬隊會將青麥踏毀了，爲的是使我們挨餓。

怪癖先生　還有比這更利害的呢！他們給我們的麵包，全下了毒，好燒壞我們的腸胃。在敝寓一帶，已經有二十八死了。那是凡爾塞的命令。他們要治死我們，像治老鼠一樣？

戴木蘭　那是瘋狂。沒有一個王，肯謀殺他的人民的，除非是羅馬的暴君尼紅。我們還沒到這田地。

怪癖先生（帶神祕的態度）　我知道這事的關鍵。國民太多了，所以有命令，要將法國的人口減少。

藏木蘭　你有病了，朋友！應當請人診治罷。

一位工人　這裏頭有些是眞的，王后要我們大家全死。

藏木蘭　這於她有甚麼利益呢？

工人　她是奧國人呀。奧國人向來是法國的仇人。她所以肯嫁我們的王，就因爲想害我們。只要她在我國，我們總不會安寧的。

其餘的人　他說的對。奧國婦人呀！快滾出法國罷！

孔妲（在羣衆中）　究竟爲甚麼呢？

羣衆　怎麼說？「究竟爲甚麼？」

孔妲（露出面來）　是呀，爲甚麼呢？你們怪上了一位最可愛的女人，想是瘋了罷？

羣衆　哼！誰敢在這裏說奧國婦人好？他媽的！這太凶了！她竟當我們的面侮辱我們！

臧木蘭（向孔妲）　別作聲了！走罷別答覆他們。

孔妲　我並不忙。

臧木蘭　人都圍攏來了。從各方面來了。

孔妲　那更好！

一位乞丐　你說甚麼，狗貴族？你說甚麼？

孔妲（推開他）　你別挨近我的鼻子說話噓。我說過了：「王后萬歲！」

羣衆（憤怒）　他媽的鬼！

一位夥計　這位漂亮女娘兒，想是要招人打她一頓屁股罷。

孔妲　你萬料不到你這傻面孔上纔好打屁股咧。（她打他耳光）

夥計　救命呀！（有的人笑，有的人喊）

羣衆（跑來着）　快來瞧呀！

——甚麼事？

——有一個貴族婦人，打了一位愛國男兒！

——將她扔下水去！

戴木蘭　同志們，這是開的一種玩笑……

羣衆（憤怒）　扔到水裏去罷！

余蘭（分開羣衆）　慢着！（他站在孔妲前面）同志們：你們是深知道我的，我便是余蘭。你們前天曾經看見我的工作。我曾撞開阿柏監獄的大門，救出我們的朋友及被監禁的那些法蘭西護國軍的兵士。誰要再上前來，我將照樣撞破他的腦袋。不管怎樣，也要尊重婦女呀！你們若是要斷打，現有不少的敵人在呀！快找他們去罷！

羣衆　他的話有理。

——好哇！

——不對！她侮辱了我們，非賠罪不可！

——跪下罷，貴族的狗女！

——要她喊：「打倒王后！」

孔妲　我甚麼也不喊。（對戴木蘭）請你扶着我上來。（她上桌來）你們若是麻煩我，我就要喊：『打倒倪格。』（羣衆怒吼）你們嚇不退我啊。你們以爲我會害怕，因爲你們是羣衆，有一百張狗嘴，在那兒叫喚麼？我只有一張嘴，但是牠會教你們明白我的話。我慣於對民衆說話。每天晚上，我看見你們在我前面。我就是孔妲姑娘。

羣衆　法國大戲院的孔妲咧！

——法國大戲院的！

——哈哈！讓我瞧一瞧。

——請大家靜默罷！

孔妲　你們不愛王后麼？你們想趕走她麼？你們現在是否欲將所有的美女都趕出法國呢？只要你們開口，我們便收拾行李。我確要看看，倘若沒有我們，是個甚麼局面。你們稱我爲貴族婦人，令我好笑！我是一個賣炸魚的老太婆的女兒。我媽擺的小攤兒就在霞德來戲園門首。我跟你們一樣作工。我也一樣愛倪格。我也贊成議會。但是我不耐人家命令我：你們若要我喊：『喜劇萬歲！』我便偏要喊：『打倒莫里哀！』隨便你們想怎樣罷。荒唐是沒有法律可以制止的，然而也沒有法律可以強迫明白事理的人變作荒唐鬼呀。我愛王后，我便直說。

一位學生　那是自然哪，她本來是狠狽爲奸的，她們倆都是阿都哇伯爵的情婦。

工人甲　好伶俐的嘴呀！說的多麼流利！

工人乙　她的嘴比誰都強。

戴木蘭　公民們，我們不能教一個王后發出反對王國的言論哪。眞正的王后就是她。其餘的王后，全是劣貨，全是怠惰的女主。她們的用處，就在乎孵出一個小太子。太子一出了蛋殼，便用不着她們了。她們倚着我們生活，加重我們的負擔。最好是將那隻奧國母雞送回她的雞窩去。以前從那裏弄來的時候，曾經花過大錢，像煞是法國缺少製造小孩的女人似的。談及戲院裏的王后，那就不同了。她們生成是爲人民謀幸福的。她們的生活，沒有一剗時間，不是爲我們使用的。她們的身體，沒有一寸肌膚，不是供我們娛樂的。她們是我們的物件，是我們的寶貝，是我們的國有財產。看在美神的標緻面孔上，我們要愛護她。我們要一齊發喊：『王后萬歲呀！這位眞正的王后孔妲萬歲呀！』（鼓掌聲和笑聲）

羣衆　孔如王后萬歲呀！

孔妲　多謝你們！（對戴木蘭）你麼，請你來挽着我的手罷；你比那些人較爲可愛些。（對羣衆）你們看夠了我麼？好罷，讓我過去罷。你們若想再見我，你們是知道上戲院去的路徑的。——（對戴）你叫甚麼名字？

戴木蘭　我叫戴木蘭，小字加米。——我給你說過，你太不謹愼了。你不會害怕麼？

孔妲　怕甚麼？

戴木蘭　他們差一點要治死你。

孔妲　那兒的話！他們盡叫喚，從來不會害人的。

戴木蘭　眞是瞎子呀！俗語說『不知其危，是以不懼。』這話眞對。

羣衆　這位小堂客的眼睛眞不冷呀！

——眞是的，他媽的，別的地方也不冷呀！

一位工人　別的且不管牠，小姐，你同那些刮地皮的大人物結合，來反對我們這些可憐的小百姓，那究竟有些不對。

怪癖先生　是呀！她便是一個屯積居奇的奸商。

孔妲　怎麼說！一個屯積居奇的奸商！

怪癖先生　你們給我瞧瞧她的假髮。

孔妲　怎麼樣？

怪癖先生　那許多的粉！拿這班女光棍頸脖子上的粉，可以養活全巴黎城的貧民。

工人（對孔妲）　你別理那個傻牛。但是你的心眼兒很好呀，小姐，——從你的眼睛裏便可看出。——你怎樣會袒護那些要我們的命的強盜呢？

孔妲　要你們的命，可憐的朋友！誰那樣說？

一位學生　然則你甚麽全不知道麽你瞧，這是奧國婦人的紅人最近的一封信，就是僞君子軍的元帥，殺人的老凶犯，滿載骨董荒貨的毛驢，波若里那斯！你知道他這信裏所說的羣麽。

羣衆　念一遍罷！念一遍罷！

學生　他們陰謀叛逆，要破壞議會，架走議員，將他們下入監牢，放逐倪格，出賣羅領省給德皇，得着錢，好發兵餉，好用砲來打巴黎，殲滅民衆。今晚便要舉事了。

龔尙　你們聽見沒有？你們夠不夠，或是還等着再利害些纔動手呢？阿彌陀佛！難道我們便讓他們宰割，像宰豬一樣麽？他媽的！眞是他媽的！……武裝起來罷！——幸而我們有一位現成的保護人，照料我們。阿良萬歲呀！

龔尙的黨羽　阿良萬歲！

羣衆　武裝起來！能前去打他們去！

馬哈　（突然出現於椅上，矮小，躁急，張皇，提高嗓子的時候，用脚尖著地）且慢！不幸的人們，你們想上那裏去？你們看不出那些殺人的凶犯，只等巴黎一動手，就好發作他們的淫威麼？不要聽信那些陷人的主意罷。那全是一些狡計，來湊成你們失敗的。——（指龔尙）是的，你呀，你在這裏煽動民衆，你呀，你自命爲愛國男兒，焉知你不是王黨所派的密探，特來此地蠱惑良民，好將他們送在凡爾塞的亂軍手裏呢？你是誰呀？你從那裏冒出來的呀？誰擔保你？我麼，我卻不認識你。

龔尙　我也不認識你呀。

馬哈　你若不認識我，你便是一個壞蛋。凡是有痛苦有德行的所在都認識我。我夜裏診治病人，日間照顧民衆。我名叫馬哈。

龔尙　我不認識你。

馬哈　你不認識我，你不久就會認識我的，你這奸賊。（對民衆）——哎！易欺的民衆呀，荒唐的民衆呀，睜開眼睛罷！你們預備要自由，卻在這裏聚會！然而請瞧呀！請瞧！這裏乃是萬惡的淵藪：所有善於剝削的人，各種的游民、驅錢的銀行家、偸兒、娼妓、喬裝的偵探、及貴族的走狗，全有呀！（羣衆有一部份抗議，怒吼，伸出拳頭喊着：「打倒這個東西」）

藏木蘭　好哇，馬哈！這才是對症下藥咧！

孔如　這位美目而骯髒的矮漢是誰呀？

藏木蘭　他是一位醫生兼新聞記者。

另一部份羣衆　接着說呀！（他們鼓掌）

馬哈　這班奸賊，這些饑荒與奴隸的同謀犯，狂叫亂喊，於我何損？他們用賭博來偷你們所剩的銀錢，用娼妓來偷你們所剩的精力，用燒酒來偷你們所剩的良識，傻瓜們呀！而你們偏來送到他們手裏，將你們的祕密獻給他們，將你們整個的交給他們！然而在每一根柱子後面，在每一個酒館的暗陬，在你們的身旁，在你們的座上，都有一個暗探，聽着你們，看着你們，記錄你們的談話，準備你們的失敗呀！你們想得着自由，你們快快躱開這個藏垢納汚的所在罷！你們於神聖的戰爭尙未開始以前，須要計算你們的力量。你們的武器在那裏？你們沒有。快鑄鎗刀呀，造火器呀。你們的朋友在那裏？你們沒有。你們左右的人全騙你們。同你們攜手的人或許賣你們。你們自己呢，你們能相信自己麽？你們對腐敗宣戰，而你們卻自己腐敗。（民衆吼聲）你們抗議麽？貴族若送給你們金錢與酒食，你們敢於發誓不變成貴族麽？……你們堵不住我的嘴啊，非讓你們得知實情不可。你們從前太慣於聽信諂言了，那是逢迎你們的，賣你們的。你們是空幻的，好虛榮的，輕浮的。你們旣無力量，又無性格，又無德行，你們的精力全耗在空談裏面。你們軟弱，無決斷，無志願。你們當着槍口，便會發抖，……

羣衆　夠了！夠了！

馬哈　你們喊着：『夠了！』我也同你們喊着夠了，我的喊聲比你們還高些。夠多的劣性了，夠多的恐笨了，夠多的懦弱了！請你們仔細自思罷，自己監督自己罷，純潔你們的身心罷，從新鍛鍊你們的靈魂罷，束緊你們的腰圍罷！呵！親愛的公民呀！我今和盤托出你們的眞實情形，固屬難堪；然於因爲我愛你們呀！

孔妲　你瞧！他現在哭了。

馬哈　別人給你們鴉片烟。我咧，我却將硝鏹水倒在你們的瘡口裏，而我還要繼續着倒牠，一直到你們明白你們的權利與義務爲止，一直到你們得着自由爲止，一直到你們得着幸福爲止。是呀，你們縱然輕浮，將來還是要享幸福的！只要我活在世上，你們總有享幸福的那一天。（他說完了，淚流滿面，咽不成聲）

孔妲　他竟淚流滿面。這人眞有點怪神氣。

民衆（半笑半歡迎）　這才是人民之友咧！馬哈萬歲呀！（他們圍着他，抬起他來，放在肩上，雖然他掙扎，還是抬着走了幾步）

余蘭（注意着一個女孩正瞧着馬哈，兩眼流淚）　喂！小姑娘，你有甚麼事？你也哭了麼？

（那女孩仍目不轉睛的釘着馬哈，民衆剛將馬哈放下，她便跑至馬前）

尤麗（合掌對馬）　請別哭罷，請別哭罷！

馬哈（瞧着尤）　你有甚麼事，小姑娘？

尤麗　請您不要悲傷，我求您！我們以後會變好一點的。眞的，我應允您，我們以後再不懦弱了，我們再不說謊話了，我們要作有德之人了，我對您發誓……

（羣衆皆笑，余蘭示意左右之人，囑其靜默，免使尤麗不安。馬哈坐下，聞尤言，神色為之一變。他的臉上發光，以極溫和的態度瞧着尤，握着尤的小手）

馬哈　你爲甚麼哭？

尤麗　因爲您哭。

馬哈　你認識我麼？

尤麗　我病了的時候，您曾經診治我。

馬哈（輕輕的將尤扯到面前，眼睛對着其的眼睛，將她覆在臉上的頭髮分開）　是的，你名叫尤麗。你媽是洗衣服的。你去年冬天得着痲疹，你很害怕，你在床下直喊你不願意死。（尤扭過頭去，馬哈緊抱她在懷中，微笑着）你別害羞呀！然則你明白了我的話麼？你究竟知道我要甚麼？

尤麗　是的，我也要……（其餘的話很含糊，聽不出來）

馬哈　你要甚麼。

尤麗（抬頭，帶着確信的神氣，令人好笑）自由！

馬哈　要牠做甚麼？

尤麗　將牠給人。

馬哈　給誰呢？

尤麗　給那些關在牢裏的可憐的人。

馬哈　倒是在那裏呀？

尤麗　在那廂，在那大監獄裏。總是孤獨而爲大家所忘的那些人們。

（羣衆的態度變了。忽然莊重起來。有幾個人皺着眉頭。他們再不你看我我看你了。他們眼睛釘住地下，似乎在那裏自言自語）

馬哈　你從那裏知道這個，小姑娘？

尤麗　我知道。……人家對我說過。……我在晚上，時常想起這個。

馬哈　晚上應當睡覺呀。

尤麗（靜默片時，忽然很急切的握住馬手）　我們要將他們救出來，是不是？

馬哈　怎樣救出他們呢？

尤麗　只要大家一同前去就成。

羣衆（帶笑）　你瞧！就是這麼容易！

（尤麗抬頭，看見大衆的視線全釘着她，她羞怯了，將面孔藏於余蘭靠在桌上的胳膊裏）

孔妲　她眞可愛。

馬哈（瞧着尤）　啊！孩童的神聖之德呀，善良的純潔之火呀，你的光眞夠使人安慰呀！要沒有兒童的目光，世上便會多麼黑暗啊！

（他莊嚴的挨着尤，握着她懸在身旁的手，吻她）

一位貧婦「尤麗之母」（跑來）　尤麗！尤麗……怎樣你在這裏麽！——她在這麼多人裏面做甚麽？

戴木蘭　她在這裏對羣衆演說咧。（衆笑）

貧婦　天哪！她麼，向來多麼羞怯的孩子！爲何竟會變成這樣？

（她走近尤麗，剛挨着，尤卻一言不發的跑了，帶着不馴的兒童神氣）

羣衆（鼓掌而笑）　小蟲子，快逃跑罷！

（花園的深處，有喊聲發出）

羣衆　喂！來呀！來呀！

——你看見甚麼？

——他們給一個伯爵夫人洗澡咧。

孔妲　給一位伯爵夫人洗澡麼？

羣衆　她辱駡了人民，他們便將她推入池裏。

孔妲（挽住戴木蘭的手，笑着）　我們快去看罷！天哪！眞有趣！

戴木蘭　歐洲第一等戲劇！

孔妲　你眞有些看人不起！還有法國大戲院的喜劇咧！
（他們含笑的出去。人民也跑出去。只剩馬哈同余蘭二人在舞臺的前層。其一站着，其一坐於咖啡館的桌邊。——舞臺的後層，羣衆蜂集，有些人站在椅上目注園內中層的遊人，陸續在走廊裏流動）

馬哈（握拳向羣衆）　這一羣俳優！他們那裏是來謀自由，乃是來看滑稽戲劇的！當他們全體性命攸關之日，他們還只是彼此當把戲看，這種人民眞使我厭了。他們所謂反抗政府，不過是一種村野戲曲的材料而已。我不願再見他們了。！唉怎生能夠封閉在地窖裏，不問外間聲息，再不讓人世的卑賤到我身旁呵！（他坐下，雙手抱頭）

余蘭（安閒的坐着，吸着烟，瞧着馬哈，含着冷峭的譏訕神氣）　得了罷！馬先生！別灰心哪，這犯不着他們是一羣大孩子在那裏玩兒，你同我一樣是深知他們的。這裏面毫無正經的意義，爲甚麽把牠當作一種了不得的事情咧？

馬哈（抬頭，嚴厲的釘着他）　你是誰，你？

余蘭　我是你的同鄉，瑞士牛霞城人。你不認得我麽？我却很認識你。我小時候看見過你，在布德里村。

馬哈　你是余蘭，余蘭阿古士丁，對麽？

余蘭　你說着了。

馬哈　你在這裏做甚麽？你從前是日內瓦的鐘表商呀。

余蘭　我那時在日內瓦很安寧。不料我的哥哥是一個怪東西，他從事於投機事業，一些曖昧的營業，他出了一些字據，將他的親筆簽押牽涉在裏面。剛巧他不久便去世了，剩下他的妻和一個三歲的孤兒，無以爲生。我只得將舖子倒了出去，使他們得渡難關。我就到巴黎來，入了萬提美侯府，當了一名僕人。

馬哈　難怪你說出那些懦弱的話，原來你是一名僕役。

余蘭　僕役有甚麽壞處？

馬哈　你同候一個和你同樣的人，你不以爲恥麽？

余蘭　那有甚麽可恥的。我們大家都伺候人呀，不過各人有各人的方式罷了。馬先生，你不是醫生麽？你整天替人診病，加意的裹扎敷藥，你晚上很晚的安歇，若有主僱找你，你便深夜的起來，那便不算伺候人麽？

馬哈　我不伺候一位主人，我乃是伺候人類社會。然而你呢，你却當了一名跟班，服侍一個腐敗的人，一個混賬的貴族。

余蘭　不能因爲他腐敗，便不需人服侍呀。你並不問你所診視的病人是好人還是壞人呀。大家都是人，便是說：同我們一樣的可憐虫。他們需人幫助，就應該毫不遲疑的幫助他們。我的主人同許多人一樣。因爲錢多，以致身體瘠弱。他的力不夠他自己用，所以他需用一些人來服侍他。而我呢，我的力量夠我自用的三倍而有餘。我不知用在甚麽地方才好。有時我很想打碎一些東西而後舒服。那位笨貨既需要我的臂力，我就賣給他，我們彼此兩抵，我於他有益，於自己亦復有益。

馬哈　你也出賣你的自由靈魂，你的良知。

余蘭　誰說的？我諒誰也不敢從我身上拿了牠去。

馬哈　你究竟要服從呀。你不能發表你的思想呀。

余蘭　我爲甚麽必要將我的思想告人？我自己知道牠就得了。自己信不過心的人，纔要逢人便發表他的思想呢！我不是爲別人而思想，是爲我自己。

馬哈　凡是你身上的，都不是屬於你的，你不屬於你，你是與世人相聯帶的。你所有的臂力、志願、聰明，一絲一毫，都應當供給世人。

余蘭　志願與聰明，不是一種財物可以給人的。爲別人而作的工作，是作不好的。我已得爲自由之身了。願他們也照我一樣做罷。

馬哈　從這一點，我便認出我的可惡的同鄉們來了。因爲天賦與他們六尺身軀，孔武有力，他們便自以爲應當輕蔑那些弱者與病者。他們服農力田，收獲之後，便當戶而坐，終日口啣煙斗，那可厭的濃煙，終將他們渺茫的良知麻醉成功了，他們便以爲義務盡了，不幸的人要求於他們，他們便說：「你何不照我一樣做？」

余蘭（安閑的）　你眞是深知我。我正是這樣（他暗笑）

何施（身穿法蘭西護國軍什長的制服，手拿一些衣裳來了。——對馬哈）　公民！你別信他的話，他乃是自己誣罔自己。他遇見不幸的人，便要援助他，前星期，他還領着我們去救出我們的同志，被貴族關在阿柏監獄的那些護國兵。

余蘭（並不回頭，從肩上伸手同何施行禮）　是你呀，何施？誰問你的意見呢？那些話都是隨意亂說的！我剛說過，我的臂力有時使我難受，於是我便要推倒一扇門，打倒一堵牆。自然呢！我看見有人要淹死的時候，我也援之以手，這是不帶思索的。然而我並不專在那裏等着淹死的人，更不先將他們扔在水裏而後再來救他們，像那一班製造革命的人一樣。

馬哈　你以你做好事爲可恥。我最恨這些劣性的誇大者。——（他轉過身去以背對余蘭——向何施）你呢，你手裏拿的甚麼？

何施　那是我繡的背心，想出賣的。

馬哈　好個軍人的職務！你縫衣服麼？

何施　總比拆衣服好些。

馬哈　你篡奪婦女的職業，不汗顏麽？這就是你做的事麽？你一心想做買賣，計較錙銖，積蓄銀錢，而巴黎却快要倒坍在血泊裏！

何施（安閑，並微露不屑之狀）　得了罷，我們有的是工夫。要在各安其位而已。

馬哈　你的心是冷的，你的脉跳動的遲緩，你不是一個愛國者。——（對余蘭）至若你麽，你比惡人還有罪些。你的天性是好的，你的本能是趨向於善的，而你偏甘心使之惡化。——啊！自由呀！這便是我的衛士呀！視你的危險若秦越而不思所以消除之……我麽，就令只剩下我一人，我終不致拋棄你的。我是要好生將護這班人民的，無論他們怎樣，我終要救他們的。（他走出）

余蘭（瞧着馬哈出去，暗笑）　好個高興的老頭子！他對於世事都是樂觀的。——他是敝鄉的一位醫生，一望而知其慣於打發人走路。他還覺着他的職業不夠，一心要醫治人類社會，以求速告厥成。

何施（目送馬哈，羼雜着憐惜與關切的意思）　這是一位正派人。世間的痛苦，影響於他很深，遂致攪亂了他的判斷力。他是爲德行而染病了。

余蘭　你從那裏認識他？

何施　我讀過他所著的書。

余蘭　你眞有工夫白費。你從那裏得着他的著作？

何施　我是用賣背心所賺的錢來買牠的，而他剛才反責備我不該縫衣服賣咧。

余蘭（細瞧何施）　給我看一看。你那是甚麽？你又和人打架了麽？

何施　是的，老實說。

余蘭　你這野人哪！你在那裏受了這個傷？

何施　在路易十五廣場。我從那邊經過，駐在我們巴黎那些德國兵的倨傲神氣，令我實在難忍，我禁不住當面譏誚了他們，他們一大羣人來撲我，人民將我救出，然而我終於打傷他們好幾個。

余蘭　這才是胡鬧咧！你終久會吃虧的。

何施　管他呢！——余蘭，請你幫一幫忙，替我看看這封信。

余蘭　給誰的信？

何施　給王的。

余蘭　給王的？你寫信給王麼，你？

何施　爲甚麼我不寫信給王？王王也同我一樣是亞當的子孫。若是我可以給他一個好主意，我爲甚麼不肯給他，他又爲甚麼不聽我的呢？

余蘭（開玩笑的神氣）　你對他說些甚麼咧，你對王？

何施　那麼着，我勸他把軍隊調開，叫他一個人回巴黎，自己來革命。

（余蘭高聲的笑）

何施（微笑）　我謝謝你的主意，你的理由很充足，並且易於傳播，【何以余之笑爲譏己，故作反語，所謂易於傳播者，指何因余之笑而亦笑也】然而我並非徵求你的意見。

余蘭　然則你是要怎樣呢？

何施（帶爲難的神氣）　爲的是文筆，你該明白了罷？字句的妥當與否，……我不大放心。

余蘭　你還以爲他會讀你的信咧！

何施　沒有關係。

余蘭　好罷，我替你修飾修飾罷。

何施　唉！余蘭哪，你眞算有幸曾受過教育。至若我，你儘管用功，總不會追償我所虛度的歲月。

余蘭　老實東西！——你對於這封信有大指望麽？

何施　實在的說，我不大指望牠。——然而統治歐洲的那班畜生不難變爲聖君賢臣，只消運用常識，普通的好見解，來治理國家，這是很容易的事哪！他們不肯那樣做，人家便會自己去做的，無需乎他們了，那是他們活該！

余蘭　你却要改良天下人，你還不若自己找個脫禍的方法呢。不久便有人舉發你的，也許已經舉發了。你知道你回到兵營，人將怎樣對付你麼？

何施　知道，但是你知道我回去之後，又將要怎樣對付兵營麼？

余蘭　怎樣呢？

何施　你日後瞧罷。

余蘭　你又是蓄的甚麼意？放安靜一點罷。你覺着秩序還不夠已經紊亂麼？

何施　若是以不公平爲秩序，那末紊亂秩序，已經算是公平的起點了。

余蘭　公平麼！凡事勢所不能者不以相強，此之謂公平。吾人不會再造世界，只好安然受之。

何施　可憐的余蘭呀！且問你知道甚麼是可爲的呢？爲甚麼要知其不可而爲之呢？

余蘭　你說這話，是甚麼意思？

何施　祇要人民爲其所能爲，你瞧吾人會不會再造世界。

余蘭　你若愛自己騙自己，我便無話可說，你留着你的幻想罷。

何施　請將我的幻想奪過去罷，休要愛惜我。我所痛惡的，是自己騙自己。膽怯的理想主義，自己蒙住眼睛，以免看見罪惡。我却偏要看看牠，而牠並不足以嚇我，我同你一樣，深知道這可憐的羣衆是怎樣無把握，輕信人言，纏於情慾，當着極小的事就恐慌，忘却自己的利益，賣自己的朋友。

余蘭　那便怎樣呢？

何施　火燄也是性情浮動的，也慣於顫動；些小的氣息，即足使之搖曳，濃煙包圍着牠，然而牠終是燃燒着而向天空上升。

余蘭　譬喻未足據爲理由，【法國諺語 Comparaison n'est pas raison 譯爲中文不如原文之俏皮多矣】請瞧這一堆無業游民，這一夥好發議論的人，這一位乳臭未乾的律師，這一位身材高大的姑娘盡愛叫喚，這些夸大而膽小的老孩子！相信人民！好個騙人的話！休想指望別人罷！這便是我一生處世的原則。你每逢可以幫助他們，你便幫助他們，然而你休想他們報答你。……我有一顆好頭顱，一副好拳頭，那便是我所相信的，我自己。

何施　你固然是一個強有力的漢子；然而在這昏暗的民衆裏，有比你我更大的力量，更好的見解，更豐富的良知。若沒有人民，我們便算不了甚麼。當我幼時，一聞美洲反抗暴英的消息，寸心大為震動，卽覺天下事非公平不可；又如十五日以前，我們的議員宣誓『不使人民自由，誓不撒手。』亦覺沸血上騰，有如沉醉，這種感覺，是從那裏發出的呢？

余蘭　自然是從你身上發出的。

何施　你不懂。這是萬倍於我的一種力量，牠可使我胸膛爆裂。我覺着別人也含有這種力量，如工人們，以及同我一樣的兵士們。你不在這些人民裏頭，你看不出他們的心腸。他們自己也不大知道。痛苦、知識的缺乏、肌餓、掛慮，都不讓他們有工夫，有勇氣，來知道自己。他們看得見，然而他們以為是夢幻。他們覺着他們的力量怒吼，然而他們疑惑。這力量足使他們害怕。假若他們曾經知道，他們甚麼事不能成啊？假若他們將來知道，他們甚麼事不會做啊？

余蘭　是一種甚麼共同的思想，可以引動這一堆混沌東西呢？

何施　便是『需要』二字。必有一個時候，只消一舉手，便可使天下風起而響應。

余蘭（拍何肩）　你是一個野心家，你夢想領袖羣衆。

何施　痴漢子！那才是一種正大光明的野心咧！你以爲我是生就一副什長的腦筋麽？（他瞧瞧自己的制服）

余蘭　你大有不屑之意麽？你今天眞高興，你是升了軍曹麽？

何施（聳肩）　天空頗有喜氣洋溢。

余蘭　你眞不苛求！飢荒起了，屠殺快開始了，你的人民快要被摧殘了。……你自己呢，你將怎樣辦呢？你在勢不得不與你所愛的人民作對，或是倒戈而與他們共死。

何施　很好。

余蘭　你覺着好麽？迅雷高懸，快要轟下來！……

何施　我覺着好。

余蘭（瞧着何）　你相信你的命宮麽？

何施（搖頭而笑）　我的命宮麽？不，余蘭，我不相信。命宮是爲一班惰民如貴族之類而設的，像我這樣可憐的人，沒有命宮。——你知道我是怎樣生活一直到如今。我出世就受苦呱呱墮地，已是孤兒，不及見着我的母親。若沒有我的老孀母，賣菜的老太婆，我便要受撫養於隨便一個假仁假義的孤兒院；或將我的前程，交給我的不健全的本能。幸賴有她，我得以備悉鍛鍊靈魂的一種窮耕苦做。幸賴有她，我才從咖啡館的座間，得知你所視爲不屑的人民之德行。——好老太太呀！疲困萬狀，而終不得不用她拘攣的手指，不分晴雨，一直到死爲止。推着她的小車，帶着她那犯喘病的胸膛，習習作響，致令她時常止步以便呼吸——而她的好面孔，又紅又含笑。——因爲雖然那樣窮苦，她還是高興的，余蘭哪！你可想見我是否急於要謀工作，以減除她的負累！我開始的職業，是當小馬夫。我自己賺得麵包的第一天，眞比做了元帥還快樂些。管牠呢！那時並不算我一生的最苦時期。我至今想起我的馬圈，還是銘感。我在那裏面眞過了一些好日子啊！盧梭的著作，我就是在那廂讀了的。我從溝裏拾着幾頁零碎書，是從一大部書中扯掉下的。（至今還在，我永遠不會同牠分離）……有一次，星期日，——同夥的人出去了，——我孤單一人，躺在草上，在我的馬脚邊，我便讀，……不，並非讀，……我聽見，……萬物都消失了。從凡爾塞上邊，自然的氣息，來掠我的面。我看見我的神明的良知了。我便停住，不能再讀了；我聽着我的血搏擊有聲，來攻我的心，似有一道河，在我身裏橫流，我於是立了起來，同時又哭又笑。我呼嘯着，緊摟着空氣，吻我的馬；我幾於要吻全世界。——當我想起這位先生給我們如許的快樂，而他自己却痛苦一生，被他的朋友們所賣，被那無味的譏訕所辱，被傷心的事所激刺，遂以爲天下無不恨己者，……余蘭呀，我便自覺慚愧，似乎這可慚愧的事，應由我負其責任。……唉！我那時怎麼不在他身旁來護衛他啊！你瞧，就是爲紀念他，所以我才對於這可憐的馬哈表同情，而不顧他的荒謬。他感受痛苦，同盧梭一樣，同那些溺愛忘恩負義的人民的人一樣。——就論我自己罷，表面上似乎鎭靜，然而我並非常是那樣鎭靜。自從受了招兵的軍曹可惡的花言巧語，使我困在這種愁慘的職業裏，已有五年了。我盡我的力量去做，因爲無論在何地方，都可以往好處做，都有方法可使自己偉大。然而你可想見，我受着這種生活的恥辱，投身於可惡的威權裏面，心中是不會泰然的。……管他呢！我經見許多事之後，馴至身裏鐵甲，可以抗禦痛苦了。近日我剛從牢裏出來，有人告密誣我，以致入獄。我被關在那裏頭三個月，在骯髒堆裏潰爛着。假若我能死，我便會死了。因爲天公有先見之明，賦我以銅筋鐵肋，使我好抵抗命運的砲彈。——我辛苦了五年，至今還是什長，而且我並無希望，走出這條不通行的路。因爲他們甚至於禁止我們作一朝上升之想。——這便是我的命宮，余蘭呀！我的生活太苦了；並且我很覺着，永遠是苦的。我不是生來便走紅運的人。有甚麼關係呢！我不將我的信心放在流星裏面，我只依賴我自己，這便够了。罪惡儘可橫流；不平的勝利，暴力的罪孽，均不足以懾我，因爲光明在這裏——（他指着胸膛）並在同我一樣不幸的弟兄們心裏。甚麼都不能撲滅牠；牠征服世界，而且從容不迫，因爲牠有永久性。我非不能忍耐的。勝利快到了。——你怕暴風雨麼？天上的雷火，是在暴風雨裏頭爆發的。雷呀！快轟罷！眞理呀！快燃燒黑夜罷！

余蘭　我不怕暴風雨。我所對你說的一切，同志呀！並不使我的膽子變小。我並不怕生命的危險。然而我視茫茫而不見，你的目力若是好些，請爲我指示門徑罷。凡有可以使用拳頭的地方，你可相信我的拳頭使的又準又好。領導我罷，應當做甚麽呢？

何施　並沒有預定的計畫。且看着事變罷；時機一至，便當抓住馬鬣，騎上馬背。——此時暫且照別人一樣做：……賣我們的背心罷。

（羣衆連笑帶喊，重新衝入台上，一個五六歲的男孩被一位身材魁梧的挑夫扛在肩上，孔妲，戴木蘭與羣衆笑隨其後）

男孩（銳聲的喊着）　打倒貴族漬族愧族龜族鬼族呀！

余蘭　他們現在玩兒甚麽？——啊！這是他們大消遣的方法。——他們審判貴族。

挑夫　請注意，聽人民宣判！我們怎樣處罰……！！喂先生你沒聽着我說麽，梁尼大我們怎樣處罰阿都哇伯爵呢？

男孩（銳聲的）　用鐵索鎖在柱上。

挑夫　坡力尼亞伯爵呢？

男孩　打屁股。

挑夫　孔德親王呢？

男孩　上絞臺。

挑夫　王后呢？

男孩　打人妓院。【按此句原文只用一b字想係 Bordel 或更甚於此者】

（羣衆大笑，鼓掌歡迎，那孩子更大聲再喊，極形得意。挑夫扛着繼續他往）

孔妲　啊！好乖小子！眞可以一口吞下肚去！

戴木蘭　『彼其之子兮，秀色可餐兮。』【原文 Croquons le marmot 意謂『嚼孩子罷』然在俗語則用作『白白的老候着』戴喜掉文故用成語譯之終覺不妥】——好哇，貴族的勾魂使者！——先生們，那少年梁尼大還忘了我們一位朋友，萬提美侯爵。

余蘭（對何施）　聽着，他說的便是我家主人。

戴木蘭　我們理當送他一點東西。大將軍新近任命他爲巴士底砲臺司令，同着羅內先生；

而他許下海口，保能於兩日之內，要令我們赤着足，繩子套着頸，前去討饒。我提議推出一人，將他的繩子敬獻於這位人民之友。

羣衆　燒死他罷！……他住在離這裏很近的地方。……將他的房屋，傢具，妻室，與兒女，全燒了罷！……

萬提美（出現於羣衆裏頭，帶冷峭與譏笑的神氣）先生們！……

孔妲　哎呀！天哪！

余蘭　何施呀！（他抓着何施的膀子）

何施　你有甚麼事？

余蘭　是他哪。

何施　誰呀？

余蘭　萬提美。

萬提美　先生們，萬提美交買賣的木器行主，要求發言。

羣衆　請木器行主發言！

萬提美　先生們，這位萬惡的貴族，譏笑你們，輕蔑你們，他總說『狗若張牙。當施鞭朴。』你們要燒死他，這是很對的。燒罷，先生們，燒罷，絲毫不要饒他。然而，請休讓這種公允的憤怒所噴出的殘片碎屑，回擊着你們自己，而在這一炬之中，將你們的財產與他的財產混認爲一呀。第一，先生們，傾萬氏之家，而使慣於傾萬氏之家者亦傾其家，那算公允麽？我所說慣於傾萬氏之家的人，就是指他的債權人。他的傢具本是我的，而這位守財虜從未給我一文錢，用特敬求開恩，至少留下這傢具。

羣衆　是的，對，拿回你的傢具罷。

萬提美　先生們，我的請願成了功，足以鼓勵我，使我替萬府的建築師提出第二種請願。他同我一樣，始終未曾見過萬家的錢是何顏色。房屋便是他的債務抵押品，你們若燒了牠，便於他大有損害，所以他求諸位考慮考慮。

羣衆　房子留下也成。

萬提美　至若他的夫人麼，先生們，原是屬於諸位的，爲甚麼要燒死她呢？他的夫人是公衆所有，宮裏頭、城裏頭、教黨、民黨，都曾時常領略她的好處。她有自由思想，絕不承認所謂特權；她視三種階級，一律平等。國民統一之見於實行，便自她始。這種難貴的懿德，我們應當尊崇呀。先生們！請加恩於他的夫人罷！

戴木蘭　加恩於我們這位夫人罷！【按原文爲 Notre Dame 譯言『聖母』直譯爲『我們的夫人』與上文之 Madame 『我的夫人』相對。】

羣衆（帶笑）　好罷，是罷，加恩於女人罷！

萬提美　先生們，我還有過分的要求……

羣衆　不准！不准！

萬提美　先生們，還有一層，你們將萬家的兒女送上火刑場，你們不怕演出常見的慘劇，而於無意中犯了謀殺親子的罪麼？

羣衆（笑不可仰）　哈哈！哈哈！哈哈小野雜種們萬歲！

萬提美（說到末了，換了音調）　至若對於萬氏本人麼，先生們，吊死他罷，剁碎他罷，燒死他罷！——而我並且特別勸你們動手，因爲你們若不燒死他，他便要燒死你們咧。（他下了椅子，攢入人叢，羣衆連笑帶喊的贊成他）

孔妲（急忙的走近萬提美）　快走罷！他們會認出你來的。

萬提美　嘿！孔妲，你在這裏麼？你在這樣胡髒的團體裏做甚麼？

孔妲　還沒離開村子，不可不提防狗咬。【諺語】

萬提美　要什麼緊！愛叫的狗，是不會咬人的。【亦諺語】來罷，隨我去罷。

孔妲　遲些時再說。

萬提美　約期在巴士底砲臺裏相會罷。

孔妲　好吧，就在巴士底相會罷。

（萬走出）

何施　這個混蛋！好厚的臉皮呀！

余蘭　勇敢之中，雜以無恥。

何施　我們的長官，常是這樣。

余蘭　他娶了先王的一位情婦，遂大發其財；而他本人會在格勒非與羅士巴的戰場上，以驍勇著聞。

寶棻嫗　孩子們，你們爲甚麽盡講殺人，放火，並推翻一切呢？那於你們有甚麽好處？我知道你們是做不出來的。那便爲甚麽要說咧？你們以爲煮熟幾位貴族，便可使你們的湯變成美味嗎？他們會帶着銀錢遠走高飛，那我們便會比以前更苦了。我們還是安分罷，不要相信那些騙人的話，以爲空口叫喚便可以改變大局了。你們要我老實告訴你們麽？你們在這裏空費時間，甚麽事也不會有，甚麽事也不能發生。他們以飢荒戰爭及一切神祕的議論來威嚇你們，那是無話可說的報紙，及故意挑撥的偵探，造出來的謠言。我們同王，彼此稍有誤會，然而我們若是安然的各盡本職，這事自會了結的。我們的好倪格先生，要給我們製定一種好憲法；我們的好王，許了我們保留着他。爲甚麽你們不相信這個？這不明擺着是在情在理麼？你們爲甚麼一定說在情在理是不對的呢？我麼，我便相信這個；我起初也像你們一樣儍；在這裏躭誤了四個鐘頭的工夫我還是去賣我的蘿蔔罷。

羣衆（唧咕着贊成）　她說的對。——你的話很有理，老太太。我們回家去罷。

余蘭　你以這個爲何如？

何施（微笑）　看見她，令我想起我的老孀母來了。她要打我的時候，嘴裏總說忍耐。

余蘭　我覺得她所說的很在情理。

何施　我極願意相信這話；我覺着情理自然可以戰勝一切，若任我的本意，甚至於要同我的敵人合作，以求情理的勝利。然而我從經驗，才得知我常是錯誤了。我開眼一看，看見龔尙同他的夥計們，正在急忙的關閉店們。他們做事，不會沒有原因的。我很怕這樣忽然的安靜，反是狂風暴雨的先驅。誰也不眞心信她的話。他們全停留在這裏，連那老太婆自己也一樣。他們很想自己騙騙自己，然而終騙不了，他們發了寒熱病了。試聽這羣衆的聲息，他們不大聲疾呼了，他們唧唧噥噥像樹枝的顫動。……大雨以前的微風，——（他抓住余蘭的手）你瞧那不是麽！留神罷！余蘭呀！……來了！來了！

（花園的深處，發出混亂的喧嚷，有如雷鳴）

某甲（喘息着，光着頭，衣服凌亂，衝入臺上，帶着可怕的聲音大喊）倪格被趕走了！

羣衆（大驚，前撲某甲）甚麽？甚麽？……倪格！……那不會是眞的！

某甲（喊着。）倪格被放逐了！他走了，走了！

羣衆（怒吼）打死他罷！他是凡爾塞派來的偵探！打死他罷！

某甲（怕極，掙扎着）你們這是做甚麽？——然則你們未曾懂得麽！——我告訴你們，倪格……

羣衆　扔在水裏去罷！鬼偵探淹死他罷！

某甲（高叫）救我呀！

何施．我們救出他罷，余蘭！

余蘭　想救出一個，非要打倒二十個不行。

（他們試想擠進人叢而不可能，羣衆終將不幸的某甲擁走了——若布士皮耳突然從桌上出現，示意欲發言）

何施　這個小侏儒要想說話……

戴木蘭　他是若布士皮耳，阿哈省的議員。

何施　喊一聲罷，余蘭！叫他們不要喧譁。

余蘭　請聽着罷！請聽若布士皮耳公民講話。

（若起初發聲戰慄，大家在喧鬧之中，聽不清楚，有人喊道：「請高聲一點」）

戴木蘭　說罷，若布士皮耳。

余蘭　別害怕。

（若瞧瞧余，帶着羞怯與輕蔑的微笑）

戴木蘭　他不慣於演說。

何施　同志們，淸別喧鬧呀！

若布士皮耳　（勉爲鎭靜）　公民們，我是民黨議員，我剛從凡爾塞來，這位說的話是眞的，倪格免職了，大權落在國民的仇敵手中了。波若里，普勒德，傅龍三人，就是『屠殺』『盜竊』『飢荒』三位魔鬼，現在都做部長了，這便是與我們宣戰了。我特來同你們關在一起，要與你們同甘苦、共患難。

人民（極恐慌）　我們完了！

戴木蘭　應當怎樣辦呢？

若布士皮耳　我們須要死得其所。

何施（聳肩）　好個律師口吻。

佘蘭　請對他們講幾句話罷，議員先生。

若布士皮耳　空談有甚麽益處？各人要問問自己的良心才對！

何施　他們的神經錯亂了，若非立刻使他們動手，他們便會無救了。

（若布士皮耳從衣袋裏拿出一些鈔稿及印刷品）

余闌　他要宣讀甚麽？……留下你的文章罷。一句半句的慷慨話，不比那紙上的皇皇大文強千萬倍麽！

若布士皮耳（展開稿紙，用他的冷淡、細弱、斬釘截鐵的音調來讀着）「人權之宣言。」

何施　大家請聽。

若布士皮耳　「昨日七月十一日星期六，於國民議會席間，提出人權宣言案如左：

國民議會敬謹宣言人與公民之權利。天下萬國，至聖神靈，實共鑒之。天之生人也，賦以自由平等……（掌聲如雷以致末句聽不清晰）人有特權，與生俱來，不得私以假人，亦不得受時效之限制。茲列舉如下：一曰思想自由二曰愛護名譽及其生命。三曰身爲己有。四曰圖謀幸福。五曰反抗壓迫。」（歡呼之聲益增）

何施（拔出佩刀）　反抗壓迫呀！

（衆爭效之，一霎時刀劍蝟集）

若布士皮耳（繼續着）「個人若被壓迫，則社會全體亦被壓迫。社會全體若被壓迫，則個人亦被壓迫。」

甕尙　他們便這樣永久的繼續下去麼？非使他們離開這裏不可。大軍來時，讓他們死在別處去罷。——（他對他的夥計們小聲談話）

若布士皮耳（繼續着）「國民乃神聖者。……」

（有人大聲而呼。——羣衆震動，心不在焉的聽着）

何施　好生把住舵，余蘭！狂風來了！

某乙（現恐怖狀，狂呼）他們來了呀！他們來了呀！馬隊來了呀！

甕尙的夥計甲（尖聲的）各人逃命罷！

（霎時騷動喧擾）

余蘭（猛撲那夥計，握拳痛擊其頭，那人被擊閉氣，只得住口）見你的鬼啊！——（對若）請接着宣讀罷。

（若布士皮耳試想再讀，但是他的嗓子咽住，又在羣衆喧擾之中，聽不淸晰。——何施一躍上桌，立於若側，他的高大身材壓住了若，從若手中搶過稿紙，用熱烈的音調朗讀，羣衆立刻爲之感動）

何施（讀着）「國民乃神聖者，政府不過爲其生產品耳。……政府若侵犯國民之權利，則國民以反抗爲其神聖之義務。……凡有反對人民，阻礙自由之進行者，應受人民全體之究辦，不當視爲尋常仇敵，正如奴欺其主，人類也者，人世之主也。」

（何施下桌，戴木蘭披着髮，兩目見出激昂的神氣，跳上桌去）

戴木蘭　自由呀！自由呀！……牠在我們頭上翱翔，牠將我携往牠的神聖之風濤裏頭去了。上勝利之途罷！在牠兩翼的淸風裏，向前進罷！奴隸時代正過去，牠已經過去了。我們即以那些凶徒所武裝的雷火，還擊他們自己罷！——找王去罷！（羣衆齊喊：找王去罷！）——藏在此地的暗探呀！你瞧瞧我罷！鼓動巴黎造反的，便是我戴木蘭加米！我絕不懼怕，無論任何變故發生，總不會將我活捉了去。（他從衣袋拿出手槍給人看）唯一的不幸，便是看着法蘭西重新變爲奴隸，我們決不會看見這個的。牠或是由我們而得着自由，否則同我們死在一起。是呀，像古時的維耳及尼（Virginie）一樣，我們寧可親手刺死她，不可讓暴徒來強奸她……弟兄們！我們是會自由的！我們已經自由了！我們用胸膛做的城墻：自由神的堅壘來抵抗石砌的巴士底！你們看啊，青天開闢了，神靈護佑我們了，太陽將雲霧劈破了，快樂的微顫，使栗樹的綠葉搖曳着。啊，綠葉呀，你爲甦醒的人民之狂熱而顫動，請你代表我們的色彩，作我們團結的標誌，爲我們勝利的預兆罷！綠葉，綠葉，希望之色，海水之色，年少而自由的『天然』之色！——（他摘下栗樹的一小枝）自由呀自由呀！正如古語所云『以爲爾成功之左劵』【In hoc signo vinces】

人民　自由呀！

（他們緊緊圍着戴，摟着他，吻他）

孔妲（用樹葉飾髮）　啊，年少的自由呀！請在我髮際泛碧，在我心頭放苞罷！——（她成把的將綠葉散擲四周）朋友們！請簪着夏季的徽章罷！

（人民爭拔樹葉枝爲之空）

賈桒嫗　找王去罷！他說的對！非找王去不可！——孩子們，上凡爾塞去罷！

余蘭（指着賈桒嫗與孔妲）　你看她們倆，現在反比誰都激烈！

何施　現在想阻止她們，都不容易了。

人民　上火星場去罷！

——迎上凡爾塞的軍隊前面去罷！叫他們知道我們的利害！

——萬惡之徒！他們竟想無聲無臭的摧壓巴黎的人民！

賈桒嫗　我要揞他們的毛，我將替他們刮鬍子，這班德國強盜！

戚木蘭　他們趕走了我們的倪格。我們咧，我們也趕走他們罷！我們要留住倪格，我們要將我們的宏願，昭示世人。

人民　我們組織游行隊，爲倪格做面子罷。

——他的小像在這裏，在居爾蒂家，臘人像的作坊裏。

——抬着他游行以當凱旋罷！

——舖子關着門了！

——撬開門罷！

龔尙（對他的夥計們）　留神着！我們要利用機會！

夥計乙　龔先生！他們見東西就搶哪。

龔尙　聽憑他們罷，照他們一樣做便是。

夥計乙　但是他們快要進我們舖子裏了！

龔尙　休用放屁來抵制打雷。【俗諺】

（他隨着人民進店，隨着他們呼喊。餘一部份的羣衆四出亂跑，一會兒到處冒出棍仗刀劍手槍斧鉞之類）

人民　放鎭靜一點，同志們！絕莫擾亂秩序。

——喂！小把戲！上學去罷！在這裏不是鬧着玩的！

——這次游行，須要莊嚴悲慘！要使強徒得知國民神聖的恐怖！

（倪格的身像從店裏拿出，被那偉岸的挑夫得意的捧在手中，緊靠着胸。羣衆爭圍着他）

人民　脫帽致敬罷！這是我們的衞士，我們的慈父！

——用黑紗罩住他罷！祖國遭着喪事了！

（龔尙同他的夥計們從店裏出來，拿着阿良公爵的半身像，跟在羣衆後面，模倣衆人虔誠與激烈的態度。人民未之注意）

余蘭　那是甚麼？

何施　那是我們朋友龔尙的東家阿良公民。

余蘭　我去打碎他的腦袋，以及抬像的夥計們。

何施　不，讓他去罷。凡人有願自己害自己的，總以不管他爲宜。

余蘭　然則你不知道他麼？

何施　阿良的黨羽麼？只消知道一個，便通通知道了。他是一個壞小子，扯着自由女神的裙子，想往裏頭伸手。他想挨耳光，他會挨着的，讓他去罷。

余蘭　但是他若想偸走自由女神呢？

何施　這個乳臭小子麼？教他小心女神要偸走他的腦袋！

（龔尙與其夥計亦用黑紗罩住阿良的塑像。游行隊組成了，帶着奇異與莊嚴的秩序，令人肅然起敬的靜默。——突然間寶棻嫗擊着鼓來了。喊聲大起）

人民　向前進哪！

（大隊啓行了，最前爲擊鼓的老嫗，其次爲倪格的小像，豎在挑夫的大頭上，人民手持棍斧之屬，圍繞着他。——有年輕的闊少們，穿着細花衣，帶着表與首飾，手持短棒或寶劍；——有護國軍的兵士們，掣出佩刀；有女人們，由孔妲領隊，挽着戴木蘭的手。——再次爲龔尙，捧着阿良公爵的塑像，被店夥們簇擁着。——最後爲羣衆。——於莊嚴的大靜默裏，

微帶嗡嗡之聲。每行數步，贼聲起於隊中，自首至尾，以次齊發，有如寒噤，旣而同聲止住）

何施（指着人民，對余蘭）　怎麽樣，余蘭，你現在確信了吧？

余蘭　這是毫無道理。……這些無秩序的羣衆，要去攻打一枝大軍，……他們必要被屠殺的。這簡直是胡鬧末。——（他仍跟着羣衆之後）

何施　你往那裏去？

余蘭　同他們一起去哪，自然的。

何施　老同志呀，你的本能强於你的腦筋了。

余蘭　你說能，你懂得這個麽，你？你知道這羣瞎子似的人民往那裏去麽？

何施　你不必擔心，怕不懂得。他是知道的，他替你看着。

余蘭　誰呀？

何施　瞎子。

（悲慘的鼓聲漸遠了。人民緩緩列隊而行。——靜默）

（第一幕終）

# 第二幕

七月十三日星期一至十四日星期二之夜。——淸晨兩點至三點鐘之間。

巴黎的一條街，在附郭的聖安端鎭。——遠遠望見巴士底砲臺，黶黑的一大堆，矗立於民房之上；牠的雙塔，裹在黑夜裏，天漸明則漸露於天際。——右邊街道轉角處，爲露茜的住房。牽牛花纏繞露臺之欄，沿墻爬上。——沒有路燈，街上用臘燭照着，放在窗戶臺的外邊。——遠處聽見鐵舖的鐵礁與鎚的響聲，有時並聞敎堂的鐘聲，及隱約的槍聲。——一些平民及中級社會人，用酒桶木石在街道轉角處，露茜的窗下，從事於防堵的工程。

泥瓦匠　還加幾塊石頭罷。

工人（背着他的床）　拿去，將這個安在裏頭，這是我的床。

泥瓦匠　你要在此地睡覺麼？

工人　等一會兒，身上中了一顆槍彈之後。

泥瓦匠　你眞高興。

工人　那強盜們若是打此經過，我們便甚麼也不需要了，我們的床鋪設在別的地方了。

木匠　請幫我綳上這根繩子。

學徒　爲甚麼用的？

木匠　爲絆馬足的。

印刷匠甲　喂！加母宅呀！

印刷匠乙　甚麼？

印刷匠甲　聽着！

印刷匠乙　甚麼？

印刷匠甲　你不聽見麼？

印刷匠乙　我聽見鐵砧響，所有的鐵舖，全在製造戈矛。

印刷匠甲　不是，不是這個。——在那一邊。……（他指着地下）

印刷匠乙　在那一邊麼？

印刷匠甲　是呀！在地底下。（他躺下，耳靠地面）

印刷匠乙　你做夢吧！

印刷匠甲（躺在地上）　簡直像地雷的聲音。

印刷匠乙　他媽的！他們想炸死我們！

木匠（不信）　那有此事！

印刷匠甲（躺着）　他們這底下埋着數千桶火藥。

印刷匠乙　所以在別處都找不着火藥了。

木匠　你以爲大軍在地底下溜達溜達，像一羣老鼠那麼容易麼？

印刷匠甲（躺着）　可不是麼！他們有地道，從巴士底直達凡森。

木匠　這些話都是『小驢之皮』的寓言故事一般。

印刷匠乙（也如馬伏在地，聽着）聲音漸漸遠了。

印刷匠甲（起立）我還是上地窖裏去看看。加母宅，你隨我來麼？

（他們二人進一所房子裏去了）

木匠（笑着）往地窖裏去哦？！是了！——他們乃是借故去潤一潤喉嚨。【飲酒】我們咧，

我們將這工程做完了牠罷。

泥瓦匠（回頭看看，工作着）唉！見鬼啊！

木匠　你有甚麼事？

泥瓦匠（指着巴士底）爲的是那個東西，那個東西壓住了我的背。每逢我一回頭看見牠，看見這個巴士底，我的咽喉便緊了。

木匠　眞妙！一個瞧着地下，一個瞧着天上。你別回頭罷，工作罷。

泥瓦匠　我儘管不回頭，我總覺着牠在那裏。像是有人立在我背後，握着拳，要猛擊我的頭

一般。——見牠的鬼啊！

中級社會的老人　他說的對，牠的砲正窺伺着我們。我們這裏所做的工程有何用處？牠一反掌，就將這個打坍了，像打碎紙糊的宮殿一般。

木匠　不然，不然。

泥瓦匠（握拳向巴士底）　混賬東西！唉！多早晚才能去掉牠呢？

木匠　不久。

好幾位　你相信麼？——怎樣去掉牠呢？

木匠　我却不知道。但是一定會去掉牠的。鼓勇罷，向前罷！任憑多長的黑夜，終有天明的時候。（他們仍工作）

學徒　暫時却不大明亮。

木匠（對着窗戶發喊）　喂！那樓上的人呀！——喂！那女娘兒們呀！請收拾收拾你們的燈

籠能！我們今夜在這裏，須要看的淸楚。

民婦甲（在窗外重新點些臘燭）　怎麽樣，工程有進步麽？

木匠　他們想從這裏經過，先要留下骨頭的，總不止一位吧。

民婦甲　他們不久便會來麽？

木匠　據說克勒耳已遍地是血了。有人聽見佛乞拉那邊有槍聲。

老人　他們等着天亮便進來。

泥瓦匠　幾點鐘了？

民婦甲　三點了，你聽着；鷄叫了。

泥瓦匠（以袖拭汗）　趕快吧，趕快吧！他媽的！天眞熱！

木匠　那便好呀！夏天的耕作，賽過大糞。【諺語】

老人　我倦的不能了。

木匠　請休息片時罷，公證員先生。各人只須盡其所能爲的。

老人（取來一塊街石）　我還安上這一塊罷。

木匠　慢慢些做去罷。不會快跑的人，只好慢跑。【諺語】

民婦甲　我們到底有槍沒有？

木匠　管他呢！市政府的人，老是空口允許我們，拿我們開玩笑。他們有幾百個布爾喬亞通通包辦了。

泥瓦匠　沒有關係！我們有刀，有棍，有石頭。要殺人，甚麼都成。

民婦甲　我拿上我房間去的，有瓦片，有破罐，有碎瓶，我將一切的全放在窗邊，一切的，比如杯盤傢具之類。他們若是過來，我便打破他們的狗頭。

民婦乙（在她的窗邊）　我麼，我的大鍋煮在火上，自晚餐以後，水就開着，我在那裏頭煮着石塊。讓他們來罷！我便燙死他們。

乞丐甲（拿着槍，對一位中級社會人）　給我一些錢罷。

中級社會人　這裏不許討飯。

乞丐甲　我不是向你討麵包，雖然我的肚腸是空的。但是我有一桿槍，而無半文錢去買子彈。給我一些錢罷。

乞丐乙（微帶醉意）　錢麽，我有呀，我，隨你要多少都成。（他抓出一把錢來）

乞丐甲　你從那裏得來的？

乞丐乙　他們搶刼修士院的時候，我從修士們那裏拿來的。

乞丐甲（扼住乙的喉管）　你要毀壞人民的名譽麽，瘟豬？

乞丐乙（想脫身）　怎樣呢，甚麽？你瘋了麽？

乞丐甲（搖撼乙）　將你衣袋裏的通通搜出來！

乞丐乙　然而……

乞丐甲（搜空乙的衣袋）　將你衣袋裏的通通搜出來！你這強盜！

乞丐乙　我們連偷貴族的權利都沒有了麽？

羣衆　吊死他。

——不，打他一頓就夠了。快對人民賠罪罷！（乙作賠罪狀）

——好吧。

——現在快滾罷。

（乞丐乙飛步而逃）

乞丐甲（重新從事工作）　應當吊死他以作榜樣，還有別人也要來這一手兒的。同這班强盜在一起，往往教人染着一身髒，眞是討厭。

戴木蘭（像他平常的態度一樣，揚着臉，逍遙無事的，心不在焉的進來了）　你用刷子刷一下便行了。

（他們笑着，繼續工作）

人民　做罷，做完了拉倒。

戴木蘭（望着露茜的房子和工作的人們）　我的露茜在這裏。我方才從她家中來，房子空的，據說全家都上親戚家裏吃晚飯去了，在聖安端地方。他們大概是不能回來，他們定是被截住了。——（對工作人們）喂！眞不錯！好砲台呀！內壘、外堡、月形的、半月形的，一件也不少。他們要包圍露茜的房子了。——但是，孩子們，要在乎拆去巴士底砲臺呀，不在乎另外建築一座砲臺哪。——我也不知道你們的敵人以爲何如。總而言之，爲你們的朋友，是極其危險的：我的腿剛才絆着你們的繩子，差一點兒，我便要倒在那裏了。——這個酒桶放的不穩哪，應當再放一些石頭才行。

木匠　你作工也和你說話一樣漂亮麼？

戴木蘭（高興的，拿一塊石頭）　我也會作工呀。

（他上防堵的工程上去，從頂上可以夠着露茜的窗戶。房子裏有燈光。戴瞧着）她在那裏了。

老人　京兆尹佛勒色賣我們了。他假裝同我們一起。他却和凡爾塞通消息。

泥瓦匠　是他發明所謂市民軍，名爲保護我們，其實是爲縛住我們的手。那裏頭全是像猶太一類的人，自己被賣，還要預備賣我們。

木匠　這些事通通是教訓我們，叫我們只可各人靠自己。這個道理我久已知道了。

（那時臧木蘭用指頭輕敲窗戶的玻璃，小聲叫道：露茜——燈滅了，窗開了，露茜露出面孔，露着齒微笑。——兩人均用手指放在唇上，表示要留神。他們以戀愛與好玩的神氣，作手勢以代談話。每逢街上工作的人們向那邊一抬頭，露茜便急忙的將半開的窗戶關着。

兩個工人終於看見她了）

工人甲（指着臧）　怎樣，他那是做甚麼？

工人乙　小把戲有愛人了。管他呢！休要防礙他們罷。

工人甲　他更要奮鬥了，公鷄要保護母鷄呀。

（他們繼續的工作，一面常用好奇與天眞的眼神，瞧着一對情人；但是極爲小心，以免防礙他們）

露茜（低聲）　你在那裏做甚麼？

臧木蘭　在這裏築砲台來保護你。

（他們二人相視而笑）

露茜　我不能久留在這裏。我的父母在隔壁。

戴木蘭　還停一會兒罷。

露茜　稍遲片時，等着大家睡了，他們走了之後。（同上的動作。露茜張耳聽着房裏）有人喚我，等着罷。（她以手作勢，送戴一吻而去）

泥瓦匠（瞧着防堵的工程）　得了！做成了！——並且我敢說做的好。只缺乏頂上一束鮮花。

木匠（拍戴肩）　你別工作過度罷；你會得着肋膜炎的病的。

戴木蘭　各有各的工作呀，同志。歸總說來，這種防堵的工程所以出世，還是我的嗓子叫牠起來的咧。

泥瓦匠　你嚼的甚麼蛆？

木匠　你是用嗓子工作麼？

戴木蘭　你們這班人，昨天沒有一人在皇宮花園麼？

羣衆　在皇宮花園？——等一等罷！

——你便是那位少年，號召我們武裝起來，並送給我們徽章麼？你便是戴木蘭先生麼？

——好傢伙！眞漂亮呀！你眞會說話呀！我那時便像小牛一般哭了。

——哦！這位好靑年呀！

——戴先生，戴先生，你許我不許？我非同你握手不可。

——戴木蘭先生萬歲呀！我們的小加米萬歲呀！

龔尙（做了市民軍營長，帶着本營的一隊兵士來了）　你們在這裏做甚麼？你們爲甚麼事要那樣叫喚？你們擾亂秩序，吵醒這一帶的居民。走開些！罷回你們的家罷！

人民　這還是那個鬼市民軍！遊擊隊的學徒！巡警的屎！

——擾亂秩序！這眞豈有此理！——我們乃是守衞巴黎的。

龔尙　那不與你們相干。

人民（激憤）　不與我們相干！

龔尙（更大聲）　不與你們相干。那是我們的職務。常務委員會是委派我們來守衛的。滚開罷！

戴木蘭（近前細看）　這不是龔尙麼？

龔尙（碰着防堵的工程，站住了）　見鬼，見鬼，見一萬個鬼！是那一些淘氣的小子，大膽的做出這些傢伙，毀壞街道，阻礙交通？將這些個全給我搗平了牠罷。

人民（憤極）　要搗平我們的防堵工程！讓他們試試看看！

木匠　聽着，警長，請聽着罷，請將我的話仔細考慮。我們答應着走開，不翻駁委員會的命令，雖然那些命令全是狗矢。打仗的時候，是應當守紀律的，所以我們服從。來而誰要是動了我們的砲壘一塊石頭，我們定將你的腦袋打碎，你同你的那些猴兒崽子。

人民　拆毀我們的防禦工作！

龔尙　誰說要拆毀牠？我們又不是泥瓦匠！我們還有更緊要的事要做。走開些罷！

泥瓦匠（恫嚇着）　我們走開便是，但是你聽明白了沒有？

龔倘（帶着穩定的神氣）　我說人家不會動牠；誰也不會動牠。你要再多嘴！

（作工的人四散，戴木蘭還逗留不去）

龔倘　你沒聽見麼，你？

戴木蘭　你絕不優待朋友麼，龔倘？

龔倘　原來是你，中了魔的長舌漢麼？——「對他的兵」將這怪東西抓了去！

若布士皮耳（進來着）　那便侵犯神聖，誰敢動！動這位『自由』的創辦人。

戴木蘭　哦！若布士皮耳來了！——謝謝你。

龔倘（放走戴木蘭，自語）　一位議員見鬼啊！（高聲）好罷，我是奉命維持秩序。我只知維持秩序，不顧一切。

若布士皮耳　隨我來罷，加米。我們的朋友，今夜在這所房子裏集會。（他指着舞台前層左邊的房子）

臧木蘭（自語）　從這裏我可以看見露茜的窗戶。

（他們走近那房子，門首暗陬裏有一人穿着短褂，光着腿，肩着槍，吸着烟斗，在那裏站崗）

站崗人　你是誰？

若布士皮耳　若布士皮耳。

站崗人　不認識。

若布士皮耳　阿哈省的議員。

站崗人　拿名片來看。

臧木蘭　臧木蘭。

站崗人　是發明新徽章的那位少年麼？請過去，同志。

臧木蘭（指着若布士皮耳）　他是同我一路的。

站崗人　去罷，也過去罷，若柏耳皮耳同志。

戴木蘭（作自負狀）　朋友，請你贊美，有口才的人，是多麽大的權力啊。

（若瞧瞧戴，苦的微笑，長嘆一聲，一言不發的隨着他走）

龔尙（走近站崗人）　那個東西又是甚麽呢？

站崗人　走開些罷！

龔尙　怎樣，壞蛋？你在那裏作甚麽？

站崗人（鄭重其辭）　我在此看守國民，看守國民的思想。

龔尙　他說些甚麽？——你有委任狀沒有？有誰派你擔任這個職務？

站崗人　便是我自己。

龔尙　你回你的家去罷！

站崗人　這裏便是我的家，我的家就在街上，我沒有屋子。你回你自己的家去罷，你這布爾喬亞。快滾出我的街門口去罷！

（他走向龔前，帶着威脅的態度）

裴尙　得了能，別打架罷。……我沒有工夫和一個醉鬼厮打。醒一醒你的酒罷，你這酒鬼！——我們呢，我們繼續着查街去罷。……哦，那夥叫化子！對他們眞是沒法子辦！儘管睜開眼睛，而他們的防堵工程從地下冒出來，像磨菇一般；滿街全是這一類流氓，只想打架。若是讓他們做下去，他媽的！明天就會沒有王了！

（他同他的兵士走出）

站崗人　你瞧這班橫東西，這些藍色的癩蝦蟆，這些領着母雞撒尿的惡僕！因爲自己加上一個頭銜，他們便公然要來管束一個自由人！……全是一些布爾喬亞！他們只要有四五個在一堆，便要設立一些甚麼委員會；他們在紙上塗一些墨，便想規定一切。——『拿委任狀給我看，』他說！——像煞是人家打你的時候，非要得着他們的許可，有他們的籤押，與夫一切的假做作，才能夠自己保護自己！讓各人守衛各人自己罷！自己既是一個人，還要讓別人來保護你，那不可恥麼！說眞的，他們眞想要我們繳出槍械，將我們加上羈勒。——那便是我媽的肚子一樣，我再也不會回那裏頭去的。——而那些傻子們，高喊着說有人賣了他們，現在見着隨便一道命令，便拋下他們的防堵工程不管，爲的是尊重官吏，和那些有臭銅錢的人！這是狗帶籠頭的習慣。這個習慣，不是一天天得了的。幸而還有我這樣的野狗，旣沒歸宿，又不會尊重甚麼。好吧，我就停在這裏替他們守衞。他媽的！我們是不讓人家拿去我們巴黎的。我儘管一無所有，巴黎便是我的，和是他們的一般，我是捨不得丟下牠的。昨天我還沒慮及這一層。這座城於我有甚麼好處，下雨的時候，我連藏身的窩子都沒有，餓了的時候，連窩窩頭也找不着？他們大家的幸福，大家的痛苦，於我有甚麼關係？——現在全變了。這裏所做的事，都有我的份；一切都有一點兒是屬於我的；他們的房子，他們的錢，他們的腦筋。我便非要看守這些個不可，因爲他們替我工作。他們說：『人都是平等的』『平等而且自由的』……老天呀！我覺着這個，然而我說不出來。……自由呀！……儘管討飯，儘管挨餓，儘管空着肚皮，不要緊的：人是自由的。自由呀！牠讓人的胸膛漲裂。我呼吸着，我就是王。我幾乎要踏着人身上走路。——（他越說越興奮，大步的走着）哎呀！我像醉了一樣，我的頭昏了；然而我並沒喝酒呀。這究竟是甚麼呢？——這是光榮吧！

余爾（從那房子裏出來）　哎呀呀！我在那裏頭氣悶得很。非出來不可。

姑崗人　喂！余爾！他們做些甚麼！

余爾　他們做的事麼？他們儘說儘說。唉，好個多嘴的先生們！他們長篇闊論的毫不爲難。……戴木爾東扯西拉，滿口拉丁文。若布士皮耳面容慘沮，願自獻以供犧牲。他們將一切都當作問題，提出討論，如法律哪，民約哪，理性哪，世界之由來哪種種。一個反對天主，一個攻擊自然。然而關於眞的戰爭方法，怎樣才能應付危難，便沒有人提起。所出的主意，便照巴黎人所常做的一樣：下雨的時候，讓牠下雨。——去休罷！這一班空談家！

姑崗人　我們不應當講這個不好。說話說得漂亮的眞美呀。哎呀！他們所談的有些個字眼，眞教你的肚腸都震動了。讓人的背脊都發涼了。簡直要哭，簡直連自己的父親都會殺却，自己覺着比世界還強些，自己便以爲是上帝。——不過各人有各人所當務的！他們替我們思想。我們便要替他們去做。

余蘭　你想怎樣做咧？你瞧瞧！（他指着巴士底）

站崗人（瞧着巴士底）　在右邊的塔裏，有燈光流動。他們在那上面，也和我們一樣，未曾睡覺。他們想是正在收拾炮位。

余蘭　你想我們還有甚麼辦法對付他們？我們抵抗不了。

站崗人　那卻不一定。

余蘭　你說甚麼？

站崗人　我說：那卻不一定。兩個小的，可以拚成一個大的。

余蘭　你是一個樂觀者。

站崗人　那是我的天性。

余蘭　看你的樣子，這種天性，似乎沒有使你大成功。

站崗人（現喜笑狀）　這倒的確是眞的。好運氣同我，我們倆不是表兄表弟。自從我開了知識以來，我記得從來未曾有如願以償的事情。——好傢伙！我一生走的壞運眞不含糊！

本來末人在世上那有常是快樂的；人生是苦與樂參雜着，所有的日子不通通是好過的。——這沒甚麼要緊，我總是希望着這種見解有時謬誤。然而這一次麼，余蘭哪，我覺着這一次是眞對了。風色轉了，好運氣隨着我們了。

余蘭（嘲弄着）好運氣麼？你最好是先求牠賞給你一些較好的鞋韈。

站崗人（瞧着自己的赤脚）我寧可穿我這樣的鞋，不願穿加伯的鞋。【Capet 法王名此爲雙關語意謂我寧受窮不願處王位】若到必要的時候，我儘可用這雙赤脚，跑到維也納，跑到柏林，去教訓那些國王。

余蘭 這裏的事還不夠你做的麼？

站崗人 這裏的事不是永久的。我們做完了之後，我們將巴黎將法蘭西整理好了之後，喂！

余蘭 哪！我們爲甚麼不手挽手兒的大家一起，兵士，冇爾喬亞，棍痞，一齊去替歐洲驅除害蟲呢？我們不是自私自利的。留着快樂爲自己一人，那便無快樂之可言。我麼，每逢我得知一樁新鮮的事，非公之大衆不可。自從那些東西在我耳裏嗡嗡作響甚麼自由哪，與夫一切的鬼東西哪，我便急死了，要趕快轉告大家，要對全世界大聲嚷嚷。他媽的要是別人同我一樣，那才成了一種好聽的音樂咧！我已經看見我們經過的地方，連地都震動了，歐洲也沸騰了，像酒在糟缸裏一般。各種民族，全抱着我們歡迎。簡直是許多小溝合成一條大河似的，我們便是大江，我們衝洗一切。

余蘭　你病了吧？

站崗人　我？我跟小白菜一樣健康。

余蘭　你時常像這樣醒着做夢麽？

站崗人　時時刻刻。這有好處。做着做着夢，所夢的總會有一些要實現的。——哼！余蘭，你以爲何如？那不是一種快意的旅行麽。你不同去麽？

余蘭　好吧，等着你取了維也納與柏林，我一定負鎮守的責任便了。

站崗人　你別笑。誰知道呢？

余蘭　實在的，什麽事都會實現的

站崗人　人所想要的全可實現。

余蘭　暫時我很願意知道，等一會兒將有什麽事實現。

站崗人　那就難說咧。我們究竟要怎樣做呢？——管他呢！我們瞧着辦罷，一時有一時應做的事。

余蘭　鬼法國人！他們全是一樣的脾氣。他們想到百年以後的事，却不想着明天。

站崗人　也許有之。所以百年以後的人，會想着我們。

余蘭　這你很得意麽？

站崗人　我的骨頭早都酥了，所使我生氣的，便是在歷史上，人家不會知道我的名姓。

余蘭　你的虛榮心眞重！

站崗人　有甚麽法子呢！我愛光榮末！

余蘭　光榮自然是好東西噓，——最不幸的，便是人到骨朽的時候，才能享受牠。還是抽一袋好烟強些吧。

（萬提美從右邊來）

萬提美　街上是空的。兩個叫化子，摑着虱子，在那裏講光榮。一大堆傢具，是被瘋狂的民衆打碎的。這便是所謂大造反麼！只消小小一隊人馬，便夠鎮壓巴黎了。他們在凡爾塞還等甚麼？

站崗人（猛然起立，走向萬前）　那個東西呢，他又要甚麼咧？

萬提美（瞧着他，作嘲弄狀）　這就是巡防隊先生們的新制服麼？好朋友，請你滾開罷。

站崗人　你是誰？這般時候，上那裏去？

萬提美（伸出一紙片對他）　你認識字啵？

站崗人　還是一些文件？——我自然認識字啦。（對余蘭）請你念一遍，那上面說的甚麼？

余蘭（讀了之後）　通行證，這是合法的。有市政府委員會籤押，市民軍營長龔尙副署。

站崗人　好把戲！這都是可以用錢買來的。（他一面唧咕，一面放萬過去）

萬提美　一定呀，都可以花錢買的。（他一面過去，一面伸手遞錢給他，帶鄙夷狀）敬請晚安。

站崗人（突然跳起來）　甚麼？這是甚麼？

萬提美（並不回頭）　你看的淸楚拿着罷，別作聲。

站崗人（追上萬提美，擋住去路）　然則你是一個貴族麼？你想賄買我。

余蘭（調解）　讓他去罷，同志，讓他去罷。我和他很相熟。（他走近萬）

萬提美（毫不慌張）　眞的，果然是……

余蘭　是余蘭。

萬提美　眞不錯。

（靜默片時，他們二人彼此相覷）

余蘭（對站崗人）　讓他過去罷。

站崗人（怒極，大叫）　他想買我，買我的良心。

萬提美　你的良心？你想我要牠何用？那纔是好貨咧！我不過拿錢，作爲人家替我幫了忙的代價，快拿去罷。

站崗人　我不是幫忙，我是盡我的義務。

萬提美　那末，就算是你的義務的代價罷。有甚麼關係！

站崗人　義務不是用錢可買的。我是自由人。

萬提美　也不是你的義務，也不是你的自由，可以養活你啦。我不愛說空話。拿去罷，火速一點。無論甚麼理由，拿着錢總是好的，不要裝腔作態罷。其實你心中萬分想要牠，我知道你總會讓步的，不過價目大小的問題而已。你嫌少麼？你要多少呢，自由人？

站崗人（屢次想接着錢，忽然前撲萬。余扯住他）　放手罷，余蘭，放手罷。

余蘭　算了罷。

站崗人　不行，我非打死他不可。

萬提美　他是怎麼一回事？

站崗人（被余扯住，對萬）　你滾遠些罷！——你因爲甚麼要來？本來我是快樂的，我不覺着我的痛苦，我本是自由的，我本是一切的主人。你忽令我想起我是餓着，我是一無所有，我是非我所有；而一個渾蛋，只用一些使人卑賤而確爲人所必需的骯髒銀錢，便可爲我的主人。你毀了我的快樂了，你滾遠些罷！

萬提美　這才是爲一點小事，說許多的費話呢。誰管你這些顧慮？我並不問你甚麼哪。拿着罷。

站崗人　我寧可死。——（對余）你，余蘭，你拿給我罷。

（萬仲錢給余，余忽縮手。錢墮地上。站崗人拾之）

余蘭　你上那裏去！

站崗人　我去買醉，以便忘却，

余蘭　忘却什麽？

站崗人　忘却我不是自由的。——好渾蛋！（他走出）

萬提美　好個矯揉造作的東西！一個窮光蛋，硬想擺架子，而又沒法擺得起，這是最蠢不過的事。——晚安罷，小夥計，謝謝你。

余蘭　你不用謝罷，我不曾肯說出你的姓名，否則你是不會活着出去的。那我便是賣你了，而我乃一個正派人。況且，我不歡喜那樣激烈，並不大相信他們的革命。但是我絕非你的同黨，我亦不願你加害於我的同志。你上這裏來做甚麼？

萬提美　我覺得你很好奇。

余蘭　對不住，不過你拿性命當兒戲。你知道人家是怎樣的恨你麼？

萬提美　我從我的情婦家中來。爲了兩三個瘋漢，我便要改換習慣麼？

余蘭　他們的人數，比你所估計的多多了。

萬提美　那更好。他們越是人多，越是橫，越値得。

余蘭　誰値得？

萬提美　我們値得呀。我們的時代，染了假慈悲的毒。他們不肯下命令，制止這班賤民可惡的放肆，爲恐流出幾點血來。這個弱點，便是國家致亂而覆亡的原由。惟能忍受大痛而後始能止痛。我們所需要的，便是大大的騷動一次，好作一個平亂的口實。我們已準備好了。這是不過一日即可了之的事，而五十年內，即不復再見哲學家與法律家的愚夢了。

余蘭　如此說來，你是將革命當作你的孤注麼？人民演出流血的慘劇，甚至造成若干罪惡，你轉將引以爲快麼？

萬提美　爲甚麼不呢？只要有可以轟動一時的事情。

余蘭　而他們若是先從你下手呢？

萬提美　何苦這樣想！

余蘭　你知道我現在便這樣想麼？

萬提美　不會。

余蘭　休要逼住我！

萬提美　不會的！你不肯的，好孩子，你是個正派人。

余蘭　你怎樣知道？我曾說我是正派人，那是自誇之辭。

萬提美　不對，你現在才是自誇咧。你若不說你是正派人，那你便必定是的；一望你的顏色便知道。

余蘭　這就能攔着我，不叫他們捉住你麽，若是我願意？

萬提美　一定。凡人正派，有時必要肯犧牲。你若是賣了我，余蘭，你將以你自己爲何等人呢？那不永遠失掉了一種無價之寶麽：你的自尊心？你休以爲毫無顧忌，是那樣容易的。你現在乃是自誇，我對你說：「你是個正派人。」——再見罷。（他走出）

余蘭　他在嘲弄我，他深知道我，——眞的，惡人終勝正人的，因爲正人以規則自繩而惡人則否。那便爲甚麽定要做正人呢，既是騙人的？——因爲也許非如此不可。管他呢！還是這樣好些。我的道德若是那樣壞，靈魂若是那樣不潔，我便要不能呼吸了。……一定的，他們會戰勝我們的。……天快亮了。……倘若我們能獲勝，豈不甚好。……可憐的東西呀！他們要蹂躪我們呀！——（他聳肩）管牠呢？

（遠遠聽得何施快樂之聲，在羣衆歡呼與笑聲之中。——各房子的窗戶都開了，人人伸

出頭來瞧着。戴木蘭，若布士皮耳與他們的朋友，從集會的房子裏出來）

余蘭　那是何施！我聽得他笑的聲！！啊！聽着令人快意！

（何施與一隊護國兵，全副武裝，在帶笑帶喊的羣衆之中，孔妲尤其高興，馬哈憂慮疑惑，從另一條街上出來）

何施（笑指人民所築的防堵工程示其同伴）　你瞧瞧這個工程。是那一位機巧的技師建築的？哦，像淡們，我要通通和你們親吻。他們眞費了力呀！爲甚麼用的呢？——喂！朋友們，這些個都是對待誰的呀？是對待你們的朋友的嗎？因爲敵人是不敢來的，放心吧。

人民　護國兵萬歲！

（馬哈衝到何施面前，擋住去路，舉着雙臂）

馬哈　站着，兵呀！不許前進一步！

（羣衆驚訝，混亂的談話，爭來瞧瞧）

戴木蘭　他有甚麼事？他失了腦子麼？

余蘭　他失之已久了。

馬哈　繳下你的佩刀！繳下你們的槍械，一齊！

戴木蘭　他要被剁爲肉醬的。

護國兵們　怎樣，混賬東西！

——要繳我的佩刀？

——我要將刀繳在你的肚子裏呢。

人民　打他！

何施　放平和些！讓我對他解釋明白，我認識他。——你鬆手罷，朋友！

馬哈（站在脚尖上，想抓着何施的頸）　繳出你的佩刀！

何施（安然的擺脫，以手扶馬，馬雖竭力掙扎，不能動）　然則你要佩刀何用呢，大相公？

馬哈　阻止你刺死『自由。』

何施　你猜疑以血獻給人民的人們麽？

馬哈　誰能為我證明你的忠實？為甚麼我相信一些面生的軍人？

護國兵們　打碎他的腦袋，何施！

（何作手勢止之，微笑的瞧瞧馬，放下他）

何施　他說的對，為甚麼他相信我們呢？她未曾看見我們從事工作啊。

（馬哈驚凝着，忽然不言不動）

護國兵們　見鬼啊！我們為這班傢伙，冒生命的危險，而反見疑，這太過火了！

何施　沒有關係！他不認識我們，那不要緊。（和藹對馬）你錯了，馬哈，你還是看護人民罷。

（對人民）我和他片言而喻，同志們，我們只需一剎那的時間，就會覺着彼此同是好人，彼此相與信仰。然而他教訓你們要謹慎，那並非不對。我們處在戰爭時期，你們都有權柄，來盤究大家的底細，誰也不能例外。

人民　我們知道你，何施，你是一位朋友。

何施　留神你們的朋友罷。（微笑）我說這話，不是為我的。況且你們處的地位還太壞，不會有很多的朋友；他們不會很危險。然而等你們力量大了的時候，你們會瞧着他們全來了，到那時才應當睜開眼睛咧。

護國兵們（指何）　他只會勸人。他要人家謹愼，而他自己却不提防誰。

何施（笑着）　哦，我哪，只要人的臉神合我的意，我便入了圈套。然而我既是傻子，那只干我自己的事。至若你們，你們還要拯救世人，請休學我吧。——（對人民與馬哈）我們一共幾百個護國兵。我們的長官，知道我們和人民表同情，要將我們調往聖德尼，使我們離開你們。於是我們便離了兵營，來替你們効力。爲使馬哈放心起見，請將我們分作十人或二十人爲一隊，每隊各夾在人民隊伍之間。這樣做去，你們可以監視我們，而我們也可以領導你們，使你們跟着學習。你願意伴隨我麼，馬哈？兩方面均有益處。你會瞧見世上還有好人，也許你還教給我提防奸細，雖然我怕你空費工夫。

（馬哈未曾停止的釘着何施，特別留神聽他的話，走近他身，伸手給他）

馬哈　我錯了。

何施（握馬手微笑）總是猜疑，那夠多麽煩膩呀！我甯願死。

馬哈（微笑）我也一樣。——然而你剛說過的：不是我們的關係。乃是國民的關係。

何施　請你繼續作人民愼密的耳目罷。但是我並不嫉妒你，因爲我的職務較爲容易些。

馬哈（瞧着何施）哦，天哪，這人的眼睛與聲音要是說謊，那便再不會有正人了。戰士，我當着大衆侮辱了你，我現在當着大衆給你賠罪。

何施　你並未曾侮辱我。誰也沒有我知道淸楚，一個軍人的頭目是怎樣，於自由是怎樣有危害。軍人政府，乃是奴隸政府，不適宜於常人，我們和你一樣痛惡牠。我們自出心願的打破握在掌中的一種盲力。請你們張臂歡迎我們罷；將我們當作一家人罷；還給我們已失的自由，被縛的良知罷；讓我們有權利同你們一樣做人，同你們平等，爲你們的弟兄罷。兵士們，我們重新變爲人民罷。而你們呢，人民呀，全體變成軍隊罷。護衛你們罷，護衛我們罷，護衛我們被侵陵的靈魂罷！我們彼此攜手罷，彼此親吻罷。要大家只是一心呀！朋友們呀！各人爲大家！大家爲大家！

人民同兵士（深感互相親愛的熱忱與沉醉，哭着，喊着，相抱着）　是呀！爲你們呀！爲你們呀！爲我們的兵士弟兄們呀！爲我們的人民弟兄們呀！爲受痛哭的人民呀！爲被壓迫的人們呀！爲一切的人呀！

（此種呼聲，雜在一起，從各方面一齊發出；從人民、兵士、及街上、窗戶裏、擠滿着婦孺的露臺上）

余謝　好極了哇！何施！——好容易這個人實在足以使人忘憂咧！

何施（和靄的對着窗裏歡呼的人們）　你們關在家裏做甚麼？當這樣七月的良宵，關在家裏不太無意識麼？人若離羣索居，便會憂鬱的。地窖的空氣，可以引起猜疑與惶惑的情緒。從你們屋裏出來罷！我們關在那裏的日子夠久了。現在應該在大街上，在露天裏生活了。快來感覺初上的朝暾罷。被囚的城市，正盡量呼吸着青草的氣息，越過城墻與圍城的軍隊而來，遺我們以友愛的鄉村敬禮。麥子熟了，我們前去收穫罷。

孔妲　哦！這位美少年！他向他的周圍左右，廣播快樂。（她走近何）

何施　你在這裏麽，自由的賣花女郎，皇黨夫人？會用纖手，大掠皇宮花園的樹木，而分贈人民以解放的徽章！我早知道你也是要來的！你到底還是相信我們的主張麽？

孔妲　你所願意的我全相信。有一副這樣好面孔，（她指着何）我總會皈依的。

（人民發笑）

何施（笑着）這個我不覺其可怪。因爲我的體質性格，同耶穌的使徒一樣。——好罷，頓在這裏罷，我們是來者不拒。拿着一桿長矛罷。像你這樣漂亮的女人，非知道自衛不可。

孔妲　且慢！休要如此其急的將我編入隊伍！我瞧瞧，我鼓掌，我覺得這齣戲好看；然而我今晚不扮演。

何施　你覺得這好看？你覺得這是一種玩意兒？——請瞧瞧，這一位可憐的男子，從短衫裏露出骨頭來；這一位女人，將她那無奶的乳峯遞給她的孩子。……這些快要餓死的人，你還覺得可樂麽？這班人民，沒有麵包，朝不保夕，只想着人類的特權與永久的公平，你以爲這是假扮的一種喜劇麽？……你看不出這是同葛萊衣的悲劇一樣嚴重麽？

孔妲　哎！那也算是一種玩意兒呀。

何施　甚麼都不是玩意兒。全都是嚴重的。西納與尼哥墨德眞有其人，像我一樣。【西納(Cinna)尼哥墨德(Nicomède)均爲葛萊衣(Corneille)所著之悲劇】

孔妲　古怪的少年著作家與演劇家假意做出的這些東西，你卻將牠當作眞的。

何施　你錯了，爲你並不是假意的；你沒有自知之明。

孔妲　你眞使我可樂！你呢，你知道我麼。

何施　我在戲園裏聽見你唱過，看見你扮的角色。

孔妲　你還以爲我對於所扮的角色有所感覺咧！

何施　你終管辨護，你的本能替你感覺。力量從來不是一種幻想，牠會指揮你。我比你更知道牠會教你怎樣。

孔妲　到底怎樣呢？

何施　大凡強的同強的去。你會同我們去的。

孔妲　我不相信。

何施　得了罷！你信不信有甚麽關係呢？世上只有兩種人：健者與病者。健者向生命走去。生命是同着我們的。來罷！

孔妲　同你一人去，我很願意。

何施　實在麽！你就這樣當面對我直說！——好吧，我們緩些時再看，若是我們有工夫想起這個。

孔妲　爲戀愛總未爲晚。

何施　人家太使你相信這話了。你還懸想我們的革命要落到一部豔史裏頭麽？唉！花姑娘們呀！自五十年以來，你們在法國習於統治一切，一切均惟你們是視，惟你們的偏性與嬌態是視，你們總未料到還有他物可以出乎你們之上的！這些把戲完了，太太。現在是一種嚴重的賭，而世界卽是所下的注。讓位給男人罷！你若是有膽量，隨我們去戰鬥罷，扶持我們罷，參加我們的信仰罷；然而千萬切莫攪擾牠！你比牠的重量差多了。——請休要記恨，孔妲，做露水夫妻，我沒有工夫講正式戀愛，我的心已有所屬了。

孔妲　屬了誰呢？

何施　屬了『自由。』

孔妲　我甚願知道這位小姐是怎樣的人材。

何施　我想像着，差不多同你一樣。好體質，好身材，金黃色的髮，有熱性，有膽量；但是洗淨了你的鉛華，你的臙脂，【原文爲 Mouche 革命以前貴婦用黑紬作假痣飾面以爲美觀】你的矯飾，你的嘲弄；勇於敢爲，而不非笑人之所爲；對於男子，進以忠誠與友愛的言詞，不似爾雅誘惑的媚言與雙關的暗語。我便是這位小姐的情人。等你像她一樣的時候，你便可以得我到手了。這便是我的戀愛宣言。

孔妲　這個宣言，合我的意。我終會得你到手的。——我們上陣去罷！

（她奪過旁邊一人的槍，以忻忭熱烈的音調，朗吟西納之歌）【原文見葛萊衣所著 Cinna 劇本第一幕第三場】

「惟勝利之是圖兮。勿介介於身後之毁。
爾之光榮具在斯兮。成與敗其一揆。
苟宏願之不遂兮。碎汝身而殉之。
曰身殉其亦已兮。幸正氣之永垂。
緬昔賢之光烈兮。有布流與加西。
一擊惜乎不中兮。身雖死而名不沒。
長留義士之嘉名兮。夫惟羅馬之所獨。
……
及前賢之踵武兮。企榮名而趨赴。」

（她投入人民隊中，人民掌聲雷動）

何施　這才好咧！請葛萊衣領導我們罷！請在我們的前列，搖蕩着英雄的火炬罷！

余蘭　你們上那裏去？

何施　我們上那裏去麽？——（他抬頭望見小尤麗在對門窗口半赤着身，伸出頭來，又奮激，又歡樂）——請問這位喜笑活潑的小姑娘罷！我希望她說出我們心裏的答覆。（對尤麗）天眞爛漫的小姑娘，請你作我們的喉舌罷！我們上那裏去？我們應當上那裏去？

尤麗（盡量的從窗裏伸出身來——被她母親扯住。——張開兩臂，竭力大呼）　上巴士底去呀！

人民　上巴士底去！

（狂熱的哄動，參以矛盾和狂妄的呼聲，四面齊起，或陸續發出，在工人，布爾喬亞，學生，女人之中，或數人合呼，或單人獨呼）

人民（癲狂的奮激）　巴士底呀！巴士底呀！

——也有今日！

——打破這個覊勒呀！

——拔去這個項圈呀！

——推翻這個高壓而極蠢的大傢伙呀！

——這個使我們慘敗而蒙恥的紀念碑！

——敢於說實話的人們的墳墓！

——服爾德的囚室！

——迷拉波的囚室！

——「自由」的囚室！

——呼吸罷！呼吸罷！

——惡魔！你會倒坍的！

——噬人的惡鬼兇手，懦夫，懦夫，強盜，我們要從頭至腳的將你平了牠！

（他們伸拳向牠，彼此相激勵，紅着臉，過於狂呼而聲爲之嘶。余蘭，若布士皮耳，馬哈搖臂大叫，似欲勸阻大衆，而他們的聲音，被喧嚷之聲所壓住）

余蘭（好容易讓人聽見，大叫）　你們瘋了吧！瘋了吧！我們會被這座高山碰破腦袋的！

馬哈（雙手交叉胸前）　我們眞佩服你們，費許多氣力，去救幾個貴族。然則你們不知那裏所監禁的只有富人麼？那是一座闊監獄，特爲他們設的。讓他們彼此了結他們的事罷！不與我們相干。

何施　所有不平的事，都與我們相干。我們的革命，並非一樁家事。我們雖不夠富，沒有親屬在巴士底；然而要將同我們一樣不幸的人收爲一家人，那我們總夠富的呀！凡是受不平之苦的人，統是我們的弟兄。

馬哈　你這話是對的。

人民　我們要巴士底！

余蘭　但是，瘋子們，你們到底用甚麼去奪牠呢？我們沒有武器而他們則有，他們！

何施　正是呀！我們去搶他們的武器便是啦！

（遠處起了混亂之聲）

一位工人（跑來）　我剛從左岸來。他們都起義了。摩柏耳廣場，巴濁氏，聖熱內維山；他們往廢兵院去奪取存儲的兵器，好幾千桿槍。他們裏頭有護國兵，有教士，有女人，有學生，一大隊人馬。京兆尹與聖葉鑑的神父領着隊。

何施　你要武器，余蘭。那不是有麽！

余蘭　不是幾百桿廢槍銹盔，並且不是從廢兵院所找出的幾尊好砲，便可以去奪取巴士底呀。那是想用小刀劈開石岩一般。

何施　巴士底誠然非用砲可以攻下的。但是牠總會被攻下。

余蘭　怎樣呢？

何施　非讓牠倒不可。牠定會倒的。有神靈跟着我們。

余蘭（聳肩）　甚麽神靈？

何施　便是「公平」「理性」巴士底呀！你是要倒的！

人民　你是要倒的！

余蘭　我寧願同着較爲實在些的人合作。我不大相信這些個。且不管他，我總不會讓人占先的。我並且要第一個動手。也許你們比我明白些要怎樣做，我雖不明白，但是我却要去做的。你們要上巴士底去麼，傻瓜們？我們就去罷！

何施　自然哪！你向來總是一面說不能做一面去做的。

（龔尙和他的兵士們又來了）

龔尙　他們又回來了！……見鬼啊！……這些小蟲子！從這邊趕走了，牠們又從那邊出來了！——你們就是這樣服從我麼？我不是命你們回家去麼？——（他抓住一人的脖子）你是聽見我說過的，你，我認識你，你剛才在這裏。他媽的！我受夠了！我叫人將你逮捕。我叫人將你們通通逮捕。我們負有維持秩序的責任。凡市民黑夜穿行街市而無通行證者，其形跡卽屬可疑。

何施（笑着）　這畜生想用掩眼法將人民藏匿起來！

馬哈　那裏來的這個奸賊，妄自發號施令的稱爲人民？這種惡聲，那有權利來命令國民？我認識這個肥漢，這副西倫神的面孔，鼓起的肉是劣性，發出的汗是荒淫與無恥。這個壟斷家，以爲他有革命的專利權，像他在皇宮花園有吃喝嫖賭的專利權一樣麽？——滾開這裏罷！否則我將叫至尊的人民逮捕你自己！

龔尙（囁嚅着）　我是政權的代表人，中央委員的當選人。

人民　政權就是我們！中央委員是我們選出的。你只有服從。

馬哈（故作凶惡之狀，其實爲一種慘酷的滑稽，見龔之恐怖而揶揄之）　須要提防這班奸賊，來與人民聯合，而實則破壞他們。何施說的對：我們若不謹愼，不久就會被這些奸細混入的。鄙意爲易於辨別貴族的爪牙起見，應當割下他們的耳朶或手上的大拇指更好。這是一種謹愼的必要辦法。

（人民發笑）

龔尙（害怕，對何施）　兵士，你在這裏是爲保護法律的呀！……

何施　你願在這裏罷！我們不會傷害你的。——現在請你在前面走罷，我們在後面隨着你。

龔尙　你們隨着我？我上那裏去！

人民　上巴士底去。

龔倘　甚麽？

何施　自然哪。去奪巴士底末。——市民軍先生們，你們是保護人民的麽？那末，前鋒便是歸你們當的。上前頭來罷，休要裝模作態！——你現在不大高興的樣子麽？——（挨着龔的耳邊）我知道你的狡計夥計，你是同阿良公爵通聲氣的。……得了罷，別作聲，一直走罷！我監視着你，要不然我便要告訴馬哈的。天還沒亮；你可以掛起這個燈籠，照着我們。

龔倘　讓我回家去罷。

何施　沒有第三個辦法：或是被吊死，或是去奪巴士底。

龔倘（急忙的）　去奪巴士底罷。

（人民發笑）

何施　你這才算是一個有胆量的人啦。——（對人民）我們呢，附郭的居民呀，休讓聖熱內維山的人占我們的上風罷。當聖雅各舞動刀棍的時候，請聖安端不要偷閒罷！【Saint

Jacques, Sainte Antoine 均爲耶教神名，在巴黎則爲地名】撞鐘罷，擊鼓罷，號召全鎮的公民罷！——（對選舉人與議員）你們呢，公民們，請你們監視市政府，阻止他們在我們背後暗施毒計！看管着布爾喬亞們！我們呢，我們去將那畜生的嘴籠住罷。（他指着巴士底）

（小尤麗同她母下樓，立在門前，她爬上一顆界石，以便詳觀，執意的，熱忱的，瞧着何施；不作聲）

何施（瞧着尤徽笑）　喂！小姑娘！你也想來麼？你很想要來麼？

（尤伸出顫動的雙手向何，表示欲去，但不作聲）好罷，來罷！

（他抱過尤來，置於肩上）

尤麗之母　你瘋了罷！放下她罷！將她帶上戰場，那如何行！

何施　不是她派我們去的麼？她便是我們的司旗官！

尤麗之母　請休將我女兒帶去罷。

何施　喂！老太太，你也來罷！今天誰也不當留在家裏。請蝸牛出螺絲殼罷！全城的人，都要離開他們的囚籠，甚麼都不要留在後頭。這不是打仗，這是衆志成城。

尤麗之母　實在，這是對的。人若要死，不如死在一起。（她加入隊中）

何施　死？那兒的話？人要情願尋死，才會死。——（天在房屋與漆黑的巴士底後面發亮了）好末！請瞧日光，新的日光，自由的朝曦！

尤麗　（在何肩上，始終滿面笑容，被激發，不作聲，一個指頭放在唇上，現在以尖銳的聲音唱着風行當時的國民曲：）

『自由呀，在這美麗的天氣裏

來充滿我們的靈魂罷。……』

何施（笑着）　你們聽見這個小鳥麼？（人民發笑）我們去罷！高高興興罷！迎上太陽去罷！

（他接着小尤麗的腔調唱着，一面開步前行；民衆全體出發，亦與何、尤合唱。立刻有尖銳而活潑的笛聲隨之。雜以熱烈的歡呼，漸聞漸近的鐘聲，及混亂的響聲，迄於幕終爲止。）

尙和戰慄的市民軍兵士，被嘲弄與喜笑的羣衆擁着前行孔妲和余蘭亦在其列。男女均從各處房屋出來，與民衆會合，追隨他們。——一陣快樂的狂風暴雨。）

（當羣衆嘈雜走出舞臺之時，戴木蘭隨之至臺口，復折回，匆忙的爬上防堵工程，到露茜窗前，用臉挨靠玻璃。幕終時，外面鐘鼓與人民的響聲，繼續嗡嗡不已。有幾位落後的人，還從房子裏出來，但是未曾注意這一對情人）

戴木蘭（低聲）　露茜……

（窗門緩緩的開了，露伸手摟住戴頸）

露茜　加米……（他們親吻）

戴木蘭　你早就在這裏麽？

露茜　低聲些！他們就睡在旁邊。我藏在這裏，一直到現在。我始終聽着，我通通瞧見了。

戴木蘭　你全沒睡麽？

露茜　那樣喧鬧，怎生能睡？——啊！加米呀！他們眞歡迎你啦！

戴木蘭（高興）　你聽見了他們歡迎我的呼聲麼？

露茜　連玻璃都震動了，我一人在這裏獨笑，我幾乎也要喊出聲來。我既不能喊，我便做了一樁荒唐事，我上椅子去，我便……你猜我做了甚麼？

戴木蘭　我怎樣猜得着咧？

露茜　你若是愛我，便請你猜罷。你若未曾感覺甚麼，那你便是不愛我。你猜我遙送給你甚麼？

戴木蘭　送我以吻。【自以掌尖親脣而後伸手向人謂之送吻】

露茜　然則你是愛我！正是吻。好幾隻子的吻。還有幾個掉在歡迎你的人們身上……啊，可愛的人們！他們那樣歡呼啊！一天的工夫，僅僅一天的工夫，我的加米呀！你便變成那樣榮耀哪！前星期只有你的露茜一人認識你，知道你的價值。現在麼，全體的人民……

戴木蘭　聽着！……

（巴黎快樂與喧鬧的聲音）

露茜　這些個……都是你造成的，你的漂亮的小嘴！【原文爲 charivari 譯言亂雜無章的言論，露以此調笑臧，直譯恐啓誤會故改之】

臧木蘭　連我自己都不相信！……

露茜　而這些個，僅由於一篇演說！你是怎樣做的？人家告訴我說，大衆聽着你的話，都手足無所措了。我怎麼不在場啊！

臧木蘭　我也不知我說些甚麼。我只覺渾身在空際飄蕩。我聽見我的聲音，看見我的舉動，像一位旁人在那裏說話似的。大家皆哭，我也跟他們一樣哭。到後來他們將我扛在肩上。這是從來所沒見過的事。

露茜　我的偉人呀！我的巴德留呀我的德摩登呀【Patru 法國律師以善演說著名，Demosthène 爲亞典之大雄辯家】——那麼多人瞧着你，你竟能夠對他們講演麼？你未曾慌張麼？你未曾失却記憶力麼？【臧有此病，厥後被誣對簿『革命法庭』，其病猝發不克辯答，遂及於難】你未曾像你平常有時而……？

戴木蘭　甚麽？

露茜　你自已知道。……像一個瓶子太盛滿了，水要出來又不能出來。……【戴口吃故以此調笑之】（她笑了）

戴木蘭　壞東西！你說出這種壞話，便高興了吧！你露出你的牙齒來，像貓一樣。

露茜　並不是，我給你說，我愛你；我愛你的本來面目。我尋你的毛病，我尋着了，我還是愛牠。請不要生氣。哄……哄……【倣口吃狀】我愛你的口吃，眞的，我現在也想照那樣說話。

（他們兩人都笑了）

戴木蘭　你聽着，一天的工夫，就讓人民到這般地步。將來更不消說，甚麽不會有！啊，露茜呀！我們要一同做出多少漂亮的事啊！雷火現在擲出了。從四圍，從中間，亂擊着，擊破那些暴君苛吏，那些成見，那些法律，這是多麽快意的事啊！也有今日！……那班醜猴，粗鄙的微笑反對一切，禁止一切，阻礙思想，阻礙呼吸，甚至阻礙生命，好容易才能打碎他們的狗頭呀！我們要蕩除淨盡，燒燬一切的破東爛西！再不要主人了，再不要覊勒了。那眞有趣呀！

露茜　現在是誰領導巴黎？

戴木蘭　我們哪，自然便是「理性」哪！

露茜　他們的呼聲太高了。使我害怕。

戴木蘭　那是我說話的效力呀！

露茜　你相信他們始終聽你的話麼？

戴木蘭　我還沒有著名的時候，他們已經聽我的話；現在他們深愛我了，那我更何所不能呢？【厥後戴被誣陷，滿擬人民爲之營救，竟不果成】——好人民呀！等着他們脫離了所深受的痛哭，一切都會變爲容易了，變爲可愛了，變爲歡笑了。啊，露茜呀！這一下子，忽然間，是太多的幸福了！——不，不太多！總不會太多的！……但是受了如許痛苦之後，這個使我有些沉醉了。

露茜　可憐的加米呀！你會那樣苦麼？

戴木蘭　是的那真難受，真長久！……六年了！……沒有錢，沒有朋友，沒有希望。……被家人所棄，不得已而從事一些丟臉的職業，找幾個銅子，而且還是常常找不着……有好幾回，我沒吃晚飯便去睡了。——我不願告訴你這些話……以後，以後我再告訴你。……我錯了。

露茜　有這等事麽？哎呀！天哪！你爲甚麽不來……

戴木蘭　你便將你的小麵包分給我？這還不是頂難堪的，露茜呀，晚飯不吃，原不要緊的。但是，自己不相信自己，望着前程無路可行，——而且，那位小姑娘，那位親愛的小姑娘，她的蜷着的金絲髮，棕色的眼睛微笑着，在我對門的窗裏，——我隨着她的脚步，遠遠的，在盧克森堡花園內，細味她的文雅而靈活的動作，她的童女的纖細身材。……啊！小露茜呀！你雖有時使我忘却苦境，你也常常增重我的苦境呀！你離我那麽遠呀！我怎樣會想着有一日……而這一日我抓住牠了，啊！緊緊的抓住牠了！牠再不會逃了。我得着你了，我吻你的帶酒窩的手了。所有世界的幸福，這雙手都拿來給我了。世界自我而得自由！啊！我眞快樂極了！

（他們親吻，半晌不語）

戴木蘭（瞧着露）你哭了麼？

露茜（微笑）你也哭了呀！

（隣舍窗裏的燈滅了）

露茜　燈滅了。黎明來了。

（外面羣衆的聲息）

戴木蘭（停一會兒之後）你記得我們兩人同讀的那個英國故事麼？那維綸地方一對小兒女，在叛城之中互相戀愛？

露茜（頷首）爲甚麼你問我這個？

戴木蘭　我不知道——啊！誰知道我們的前程替我們準備了甚麼呢？

露茜（急掩戴口）加米！

戴木蘭　可憐的露茜，你有那種勇氣麼，倘若我們不幸而……？

露茜　誰知道呢？也許到那時我會有勇氣的，但是你呀，我替你担心，你是會萬分痛苦的。

戴木蘭（不高興並担心着）　你說這話，像是以爲眞有其事！

露茜（微笑）　你比我還弱些，我的英雄！

戴木蘭（微笑）　也許，因爲我需人愛我，我不慣孤獨。

露茜　我永遠不離開你。

戴木蘭　永遠的，無論有何變故，我們兩人總是彼此相共，不讓任何物來隔離我們，不讓任何事來拆散我們緊摟的雙手。……

【其後戴、露兩人同日被難】

（靜默片時，露凝立不動，倚首戴肩）

戴木蘭（瞧着露）　你睡着了麽？

露茜（抬頭）　沒有。（嘆息）求上帝爲我們免除這種災難罷！

戴木蘭（懷疑着）　上帝？

露茜（以臉龐倚窗臺，不動，一手挽戴頸） 你不相信有上帝麼？

戴木蘭 現在還不相信。

露茜 你這話是甚麼意思？

戴木蘭 我們此時正在創造牠。明天，我若信得過這顆心，明天便會有一個上帝了。『八』

便是的。

（露合眼，睡着了）

戴木蘭（悄悄的） 露茜！……——她睡着了。……

若布士皮耳（穿過街來） 加米，你還在這裏麼？

戴木蘭 請低聲！

若布士皮耳 你忘了你的義務。

（戴指露）

若布士皮耳（低聲的，瞧着露） 小可憐蟲！

（他屹立片刻，注視戴、露兩人。較近的鼓聲驚醒了露茜）

露茜（瞧見若，爲之大驚）　哎呀！

戴木蘭　甚麼事，露茜？還是我們的朋友，這是馬克西米連。【若名】

若布士皮耳（對露行禮，微笑着）　你不認識我了麼？

露茜（還是戰慄）　哎呀！你使我害怕。

若布士皮耳　對不住。

戴木蘭　你那樣抖擻啊！

露茜　我冷了。再見，加米。我受不住了。我要去睡。

（戴向之微笑，用手送她一吻。若鞠躬，她還是驚魂不定的退出，僅以點首示禮）【厥後戴、露之見殺，若實主之】

（朝曦初上了，天在巴士底後面作淺紅色。——在遠處之喊聲裏乍聞槍聲）

若布士皮耳（轉身向聲起處）　得了罷！今天非講愛情問題的時候。（他走出）

戴木蘭（從防堵工程下來）　不講愛情問題？……然則講甚麼問題？在這城內醞釀的，使人胸懷漲裂的，驅着林林總總的人類以供犧牲的，不是愛情麼？！我的愛情呀！你不是自私的，不是狹隘的，你是用一種較結實的繩索，將我繫在人們一起。你是一切。你包含世界。我所愛的不但是我的露茜，乃是全世界。當着你的寶貝眼睛裏，我愛一切愛人的人，一切受苦的人，一切快樂的人，一切有生有死的東西——我愛着！我覺着我身上的火燄，可使人民沸騰，可使天在巴士底後面放出紅光。一切的黑影消滅了。這種噩夢的黑影也要消滅的！

（龐大而黑黯的巴士底，矗立在紅色的天際。砲聲忽起，雜以槍聲喊聲和鐘鼓聲）

戴木蘭（笑着伸出五指，側立鼻端，【法文名 Pied-de-nez 表輕蔑之意】向巴士底）狠嘷了。……吼罷！齜着牙罷！獵狗圍住你了！王既愛獵，吾人且獵王。

（第二幕終）

# 第三幕

七月十四日星期二午後。

巴士底的內院。在邊爲兩高塔的下部，塔峯不見，聯以厚牆，像大石山屹立着。對面爲大門與吊橋，通着鎭守使署的外院。右邊有層樓，靠着其餘的塔身。

開幕時，廢兵伯加耳與其同伴及砲三尊在院內。廢兵司令官萬提美坐着，帶漠視與煩悶的神氣。時常有瑞士兵從吊橋來來去去，報告戰鬭的消息，戰鬭在前院的門外發生了。外面有槍聲鼓聲及羣衆的喊聲。黑烟有時從牆頭冒起來。

羅內（巴士底鎭守使，從外院走入，現躁急不安之狀）　怎麼啦，萬先生，你是看見的，他們進攻了，他們進攻了！

萬提美（坐着，於懶散音調之中微帶譏誚）　好罷，羅先生，讓他們進攻罷。於我們有甚麼

關係呢？除非他們像蒙葛非一樣有翅膀，我諒他們進不來。【Montgolfrer 法人，首先發明氣球者】

廢兵們　那何消說！

伯加耳　啊！可憐的東西！他們會成粉碎的，一個也逃不了。那些混蛋的瑞士兵，拚命的開槍打他們。自己藏在厚牆裏頭，毫無危險，來槍斃那班無自衞能力的人，那算多麼機靈啊！

廢兵甲　本來末！他們單爲甚麼要來攻擊我們咧？

伯加耳　簡直不知他們腦筋裏想些甚麼，我一點也不明白。這不同我們從前的時代一樣。他們全都瘋了，尤其是這一個月以來。——且不管他，若是太難爲他們，總覺着可憐。他們並不是壞人，而且是我們的同胞。

廢兵甲　可不是麼！我們是奉行命令。活該！他們不應當來呀！

伯加耳　自然哪。——況且聽着這種音樂，還是覺得快活。我未曾料到，我還得見一場戰爭。

傅祿（瑞士兵的統領，從外院來）　稟鎮守使，請派人將鄰近的房屋燒燬。他們從那屋頂放槍，可以射進院裏來。

羅內　不能，不能，我不能燒燬私人的產業，我沒這個權柄。

傅祿　打仗沒有火，同香腸沒有芥末一樣。【軍中俗語】你有這些顧慮，眞太慈善了。作戰的時候，該當不顧一切，否則不加入戰團。

羅內　萬先生，你的意見哩？

萬提美（聳肩）　啊，全都可以，隨你的意思做罷。他們總是進來不了的，不必担心！但是你若想利用機會，將環繞巴士底一帶的房屋踏平他；將集合在那周圍的狂叫亂喊的人掃滅他，那你不用客氣。那一類東西的種子，並不稀罕。隨你的意思辦罷，一點關係也沒有。

羅內　那便等一會兒罷，因爲用不着忙。我們的人又多，子彈又充足，我們無需乎用這種絕望的辦法。是不是，伯老頭兒？

伯加耳　回鎭守使的話，我們是要固守到死爲止的。四十七年以前，在伯拉克城，我正隸史維耳先生部下。柏力勒大將軍拋下我們在那裏。我們只有一小隊人馬，深入敵地。我們缺之一切。城裏的人民，並且與我們爲難。若非我們自己情願，永遠沒有人能將我們擊走。——在這裏麼，我們不過是對付一班小百姓，一些女人和店夥；我們有堅固的圍墻作保障，雖火星大營又只有數步之遙。只消叉手胸前，抽着烟斗便了。

傅祿　我們一安靜，那些巴黎蝦蟆便馬上跳到你的膝蓋。只要扔給他們幾塊石頭，你便會看見他們縮入泥裏去的。

羅內　萬不要激怒他們啦。

傅祿　你若善待一個鄉愚，他反會侮辱你的。【法諺 Oins le vilain, il te poindra】你若替絞犯解倒懸，他便要絞死你的。

伯加耳　傅統領，他們都是些窮而無賴的可憐人。不要太苛刻了。他們不大明白他們所做的事。

傅祿　見鬼啊！他們雖不明白，我却明白，我，這就夠了呀！

羅內　傅先生，你祇想到戰勝。我麼，却是另外一件事。我必須慮及所發生的結果。一切責任，都負在我身上。我那裏知道朝廷願意或不願意，或想要我做甚麼呢？

傳祿　怎樣？你不知道王的敵人在那裏麼？我們所以在此的不是陛下的命令麼？他們攻擊我們，不是攻擊陛下一樣麼？

羅內　陛下沒有定見，誰也不能確知要怎樣。他昨天的敵人，便是明天的朋友。我沒有奉着命令，便有也是自相矛盾。有些命令是『堅守到底，』其餘的又是『不要開槍。』京兆尹佛勒色祕密對我說，他同我合作而同人民開玩笑。對人民，他却說同他們合作而同我開玩笑。他究竟是實誰呢？我們自信爲朝廷出力，我們怎樣確知牠是否滿意，或是不贊同我們呢？若是牠要有所動作，牠的方法不是很多麼？爲甚麼普勒德將軍不帶着火星場的軍隊，來拊叛黨的背呢？

傳祿　那才美極了！好一團肉醬！

萬提美（對羅）　親愛的羅先生，他爲戰勝者罷，那你便總會有理。（他往院隅的陰處坐下）

伯加耳（取一躺椅給萬）稟大人，您今日沒有平常臨陣時那樣興高采烈。

萬提美　他們的辨論使我厭煩。——（指羅內）他從來不知自己要怎樣做，他總是逢人請教，他對於甚麼事都覺着爲難。我夾在這位優柔寡斷與這位大腹便便的中間做甚麼？給我一個這樣的笨差事！這種戰鬥，又得不着樂趣，又得不着榮名。約束人民，那是警察的職務啦。

伯加耳　逼着用槍打殺這一羣可憐鬼，眞不是快意的事。

萬提美　你變成了富於感情麼？這是時髦。——並非這個問題。我不管這個混蛋。……請聽他們叫號！……這眞令人作嘔。……他們要甚麼呢？

伯加耳　要麵包。

萬提美　他們以爲巴士底是麵包坊麼？——還是叫喚！……他們那樣凶！然則他們十分想求活麼？我不知他們在那種窮生活裏找得出甚麼樂趣；他們唯一的快樂，不過是一些酸酒和終年不洗澡的女人。

伯加耳　大人，您要知道，凡自己所有的東西，雖極微賤，也是捨不得的。

萬提美　眞的麽？替你自己說罷。

伯加耳　啊！您，您是要甚麽有甚麽的。

萬提美　你羨慕我麽？沒有甚麽可羨慕的，我的夥計。

伯加耳　沒有甚麽可羨慕？

萬提美　你覺着這奇怪嗎？——唉！你你會懂的……不要緊，這是七月的陽光，使我心煩。

瑞士兵（從外院來，對羅）　大人，他們在隔鄰的房裏放槍。有好幾個人爬在房頂上。

傅祿　那末，排了他罷！像你們那樣槍法高明，這不過是一種玩意兒。

（何施在外面接唱第二幕國民曲的尾聲：『自由呀，在這美麗的天氣裏……』）

幾個瑞士兵（在外面）　去罷，向前走罷，去見鎭守使吧！

傅祿　有甚麽事？

幾個瑞士兵（從外院來，擁着何施，他背上馱着尤麗）　稟統領，遇人從園牆跳下的時候，我們捉住他了。

何施（放下尤麗）下來吧！我們到了！我不是同你說過，你會首先進來的麼！

尤麗（喜極，合掌）巴士底呀！

萬提美　這是開的什麼玩笑？

（衆爭圍着何與尤）

何施（安閑的）稟司令，我們乃是來使。

（兵士發笑）

羅內　奇怪的來使！

何施　我們沒有別的方法。我們曾向你們發出信號，你們不肯睬牠。我們便跳過牆來，因爲這是接近你們的唯一方法。

尤麗（走近瑞士兵）哦！就是你們呀！

瑞士兵們　你要甚麼，小乒涕老？

**尤麗**　你們便是囚犯麽？

瑞士兵們　囚犯？——不是！我們乃是看守囚犯的。

何施　對了，你說的並不大錯。他們也是囚犯，囚犯之中最可憐的。因爲人家將他們想要自由的希望都剝奪了。

羅內　這個女孩是誰？

何施　我們的喜神。她苦求要同我來。我便馱他在背上。

萬提美　你昏迷了吧，使這孩子冒殺身的危險？

何施　爲甚麽她不替我們分担危險咧？我們若是死了，她也是靠得住要死的。請不用假慈悲。你的炮火，沒有那些顧慮。

萬提美（帶着無情的冷峭與嘲弄）　一位軍人！一位逃伍的什長！這便是那班混蛋委派的來使麽？——好極了。——好吧，槍斃了他；他的職務便盡了。

羅內　慢着。看看他們究竟要什麽也好。

**萬提美** 沒有他們要的東西。

**傅祿** 我們不同叛黨開談判。

**羅內** 何妨看看，這不費甚麽。

**萬提美** 這簡直不像樣子末。我們若容忍着同叛黨談判，便似乎以平等對待他們了。

**羅內**（對何施） 你是怎樣缺少羞惡之心，怎樣如是之荒謬，來接受這種職務？

**何施** 爲的是想替我們的朋友盡力，並替你們盡力。

**萬提美** 你對於你的行爲有意識麽？然則你不知怎樣叫做漢奸嗎？

**何施** 同大人的話，我知道。用武力反對人民的人便是漢奸。

**萬提美**（聳肩，轉身以背向何） 渾東西！

**何施** 我求你恕罷。我並不願辱駡你。恰是相反，我是以朋友的名義來的。他們說我會被槍斃，那也許有之。眞的說來，那卻使我驚訝；我來想法子幫助你們，調解這樁事情。然而我若是眞該槍斃，那末，你知道這兩句俗語，「死得其所。雖死猶榮。」

羅內　你的公文呢？

何施（呈上一函）　發自市政府常務委員會。

（羅內接函，到一邊去同萬、傅共閱。——廢兵們抱尤麗坐膝上）

伯加耳　小把戲，你爲甚麽要來這裏？有你認識的人麽？

尤麗　有好幾位。

伯加耳　在那裏？

尤麗　在監獄裏。

伯加耳　你認識一些好人！是誰？是親戚麽？

尤麗　不是。

伯加耳　他們叫甚麽名字？

尤麗　我不知道。

伯加耳　怎樣？你不知道？——他們是怎樣的人，那末？

尤麗　我說不大清楚。

伯加耳　噢！小淘氣！你是嘲弄我們麼？

尤麗　不是，不是，我認識他們，我見過他們。但是，很難說出……

伯加耳　說罷。

尤麗　我媽住在聖安端街，離這裏不遠。上監獄的囚車，晚間從我們房前經過。我時常起來瞧他們。啊！我幾乎通通瞧見過他們。但是有時因爲我睡着了，我便沒法看見，等我醒了之後，囚車已經過去了。

伯加耳　這裏頭有什麼可以引起你的好奇心咧？

尤麗　因爲他們苦呀。

伯加耳　看見不幸的人，是一樁可悲的事。你爲甚麼要看他們呢？

尤麗　因爲我心裏難過。

廢兵甲　哈哈！就是這個理由！

伯加耳　別多嘴，傻瓜！

廢兵（起初憤怒）　傻瓜？——（略一思量之後，搔着頭）——是眞的呢！

尤麗（坐於砲上游戲）　請說罷，你們不會對我們開砲吧？——（他們不答）——請答應我，你們不開砲！我懇求你們。我很愛你們。請你們也愛我罷。

伯加耳（吻她）　眞是一個好小寶貝。

羅內（閱畢何施所呈之緘件，聳着肩）　這太過火了！——先生們，奇怪的書信，以不知姓名的蹩脚法律家而自稱爲常務委員的名義，寫給我的，提出可笑的要求，要我們的軍隊與烏合的民衆來共同守衛巴士底。

（兵士發笑，兵官憤怒）

萬提美　好漂亮的提議！

何施（對羅內）　請大人聽我的話，防止這場屠殺罷。我們並非恨你們，我們恨的是這一大堆石塊，這種傷人的蠻力，壓迫巴黎已數百年了。使用盲力，與忍受盲力，是一樣可恥的。

那是違悖理性的。你們既比我們聰明，你們應該覺着，並比我們更難受些。請援助我們，休同我們交戰罷！我們爲理性而奮鬬，牠是我們的產業，也是你們的產業。請你們自出心願，將這座砲臺交出來；休讓人家來奪取牠。

萬提美　理性，良知，他們滿口都是這些把戲。……全是學盧梭的一班猴兒崽子！——（對傅祿）我多謝你，你送了我們一份好禮物。【傅爲瑞士人】

傅祿　什麼禮物？

萬提美　你們的約翰雅名。【盧梭名】你們很可以留他在瑞士呀！

傅祿　我們自己也用不着他。

羅內（對何施）　你想是瘋了。幾會見最強的人，願意繳出槍械，給最弱的人呢？

何施　你們並非最強的。

羅內　這些好漢，二十尊砲，二十箱砲彈，好幾千槍彈，你全不將牠當作一會事麼？

何施　你可以殺死幾百人，那有甚麼用處？又有好幾千會來的。

羅內　我們有後援。

何施　人家不會來援救你們的。他們本可以來援，而他們沒有來援。一個王不會宰割他的百姓的：那不僅是謀殺，那是自殺。一定的，你們是會戰敗的。你們誇耀你們的槍砲，你們習於舊式的戰爭，你們不懂這一次的戰爭；你們不知甚麼是被解放的人民。你們以戰爭為游戲，你們在那裏頭沒有信仰。自馬布拉克之戰以來，誰也不以祖國為念。你們所與交戰的敵人，你們幾作他們的朋友了；你們以背魯士王之戰勝為快意。勝利之於你們，不是需要的。我們麼，我們沒有第二條路，非戰勝不可。——（對廢兵們）我的朋友，我深知道你們，我敬重你們，你們全是年老的好漢。你們從前打仗的時候，祇是服從命令，你們不知道怎樣是替自己打仗。——（對伯加耳）便是你個人麼，伯老英雄，——我們大家全愛你，我們深佩你的勇敢；——但是當你在伯拉克的時候，被敵人圍住，你只是護衛你的軀殼。我們麼，我們是護衛我們的靈魂，我們子孫的靈魂，我們千萬世後裔的靈魂。……你聽見這牆外的人民麼？那不過是我們的力量一部份。要加入我們的戰鬬隊的，還有億兆的生蠻，所有將來的民族，那些戰無不勝的一切潛勢力。

傅祿 你眞使我們厭煩。我們兩三砲，便可以掃平這些潛勢力

何施 休開礮罷！你們若開礮，你們便完了。人民不是正式軍隊；激怒了他們，是不會安然無事的。

萬提美（注視何施，自言自語） 這樣的怪人啊！他怎樣從我們裏頭出來的，怎樣從法國出來的？這簡直是德國人末。——德國人？——不對。我認識一些普魯士人，比他還像法國人些。誰將我們的這一切都改變了啊？

何施 請想一想，現在還可妥協，再等一會兒，你們便不能夠了。一有幾點血流出，便甚麼也止不住了。

傅祿 將你的好主意，還贈你的朋友們罷。

何施（聳肩——對尤麗） 來罷，仙鳥，他們拒絕你的桂枝。——（他抱尤麗肩上）

羅內（對何施） 甚麼也奪不去巴士底，牠會被交出，不會被奪去。

何施　牠要被交出的。

羅內　誰交出牠？

何施　你們的壞良知會交出牠。

（何施同尤麗走出，在大家靜默之中，誰也沒想到逮捕他）

萬提美（自思自想）　我們的壞良知……

羅內（猝然間）　怎麼樣？爲甚麼讓他走了？

傅祿　他還在院子裏。

羅內　追上他，抓住他！

伯加耳　稟大人，那是萬不行的咧。

廢兵們（表同意，唧咕着）　他是一位來使咧。

羅內　怎樣，萬不行，蠢奴？誰的來使，那種正式官廳的來使？

伯加耳（莊重的）　人民的咧。

傅祿（對瑞士兵）　抓住他！

伯加耳同廢兵們（對瑞士兵）　不成，夥計們，別那樣！別抓住他！

一個瑞士兵（想走過去）　這是命令咧。

伯加耳同廢兵們　你過不去的，不然我們便和你算帳。

萬提美（注意他們，自言自語）　哦！哦！——（高聲）好吧！——（對羅內）請不必堅持罷。

瑞士兵甲（從外院來，對羅內）　稟大人，有無數的羣衆，從聖安端街來了。他們攻下了廢兵院。他們拖着二十多尊礮。

傅祿　糟糕！究竟要決定主意才是呀！如若不然，我們處的地位無論怎樣好，終會變壞呀。請讓我們將這些蛆虫抖一抖罷，否則牠們會連我們的骨頭都要蛀了的。

（蔽天的濃烟，從圍墻上面冒起）

羅內　這是那裏的烟？

瑞士兵　他們點火燒着前部的建築。

羅內　作孽的東西他們想要毫不留情的惡戰一場，他們會如願以償的。

傅祿　要開砲麼？

羅內　等一等……

傅祿　你還想等甚麼？

羅內（以目詢萬提美）　萬先生！……

萬提美（微現輕蔑狀）　我已將我的意思告訴你了。隨你怎樣辦罷。——但是，有一言奉勸：無論你決定怎樣辦，一經決定，再休變更。

羅內（對傅祿）　隨你怎樣辦罷，傅先生，開礮轟他們罷！

（羅內、傅祿與瑞士兵向外院走出）

萬提美（帶譏笑狀，自思，——廢兵們在數步之外守着礮）　我們的壞良知！……這位什長，敢於自詡有良知！……他比我富足些。良知！……牠也不好，也不壞，牠根本上便不存在。

——名譽！名譽倒是有的。——名譽麽？在先王時代，你有一位不難看的夫人或姊妹，你定下計謀，讓王同她睡覺；或是娶一位寵姬，讓這個從嫖賭場出來的下賤貧，加上一個貴族頭銜而增其身價；這便是名譽。……放下名譽不提罷。——我眞不知道我爲甚麽在此地拚命。——忠貞麽？忠於王室麽？我們已經慣於看淸楚了我們的思想，不會以詞害意的。——我久已不信仰王了。——那究竟是甚麽呢？——（聳肩）習慣、時宜、世故？——是的，知道自已錯誤，不相信自己所作的事，然而自始至終，力求穩妥與排場，用以掩飾其行爲之絲毫無補實用。

（大喧嘩。瑞士兵同羅內、傅祿急忙的從外院退下）

瑞士兵們　他們來了！

萬提美　甚麽？他們來了？？誰？人民？……萬萬不會！

傅祿　趕快；扯起吊橋！——見鬼啊！

羅內　開砲！

（瑞士兵急忙扯起吊橋。廢兵推砲當門。立刻聽見羣衆如潮似的衝入圍墻，及大呼之聲）

萬提美（癡立）　他們進來了！他們眞的進來了麼？

傅祿（喘息着）　好容易！——眞是時候了。——鬼渾蛋。——（對萬提美）你相信他們竟會放倒了頭一道吊橋麼！——你知道，大門旁的香水鋪麼？……咳可不是麼！我曾經說過，應當老早將這些耗子窩全燒了他！……他們三四個在那屋頂上，有瓦匠，有砌匠，就像猴兒似的，溜到守衞處旁邊的墻上。我們不曾注意。他們爬到門前，砍斷吊橋的鐵索；吊橋便撲通倒下來，倒在羣衆裏頭，壓死十餘人。他們便一齊衝上橋來，簡直像怒潮一樣。你聽他們叫喚！——呵！好渾蛋！

（小隊的瑞士兵，在舞臺裏層的門首，帶着一位女俘虜；兵官與兵們，在舞臺前層的騷動聲裏，初未之見）

瑞士兵（帶進孔妲）　我們總算得着一件好戰利品。

萬提美（行禮）喂喲！是你麼，孔妲？……眞來履行舊約麼！——你的金黃髮上覆着銀盔，手拿着槍，你簡直活像一個自由女神末！——然則你來瞧熱鬧麼，好奇的姑娘？你在這裏強的多，可以通通瞧見，而又毫無危險。——（他伸手給她，她遲疑不受）你不同我握手麼？前不很久，咱們是好朋友，現在不還是好朋友麼？——（她這纔決定同他握手）怎麼啦，你倒是有甚麼事？你瞪着大眼睛瞧我，你現出癡呆的樣子，一聲不響。你受了驚麼？

孔妲　對不住，我請你恕罪。……但是我現在一時糊塗了，我不知該把你當作朋友，或當作敵人。

萬提美　當作敵人？那爲甚麼啦？——怎麼？你公然的同我們開仗麼？

孔妲　你知道，我生成不是看戲的人，我總是扮演正角的。

（她指着她的槍，萬示意廢兵，奪將過去）

萬提美　你演喜劇演厭了，你想改行演悲劇呀。——但是你知道麼，我的美人兒！你這種荒唐，可使你冒着依維克砲臺數月監禁的危險麼？

孔妲　我所冒的險，還乜過大些。

萬提美　是不是這是鬧着玩的吧，孔妲？你，你同那些狠嗥鬼叫的人在一起？——（他從頭至腳的細看她）沒點胭脂，沒裝假痣，【Mouche 註見九六頁】兩手是黑的。臉上汗出如油。頭髮溼溼的粘着臉龐。乳房是起伏的。汚穢至膝，渾身被泥土與火藥染成黑色……好難看！——你是怎麽一回事？我却深知道你呀，你本是同我一樣，不喜歡這班賤民的。

孔妲　是的。

萬提美　那便是有戀愛的故事罷？你的『他』在那裏麽？在羣衆裏頭麽？

孔妲　是的，我也以爲是如此。——但是，不然，還是戀愛以外的事。

萬提美　甚麽呢？

孔妲　我不知道。我不能告訴你，的確我爲甚麽要來打仗；但是剛才我還覺着，我幾乎準備着殺你。

萬提美（笑着）　你總是言之過甚。

孔妲　我並非鬧着玩的，請你相信罷。

萬提美　但是，孔妲，你究竟是一個明白人，你不會做出莫知其所以然的事呀？

孔妲　不，並非毫無理由；然而我現在說不出是甚麼理由。剛才，還是那樣清楚，那樣利害！……你瞧出來麼，人民的公意，響應在我身上，像雷似的。現在離開了人民，我便不知道了，我便不知道了。

萬提美　那時你不過是瘋狂了，你承認罷。

孔妲　不是，不是，我確信他們的理由是對的。

萬提美　反抗王室，殺害良民，以致無端自亡其身，那個理由是對的麼？

孔妲　並非無所爲。

萬提美　哦！是了，我想起來了！是爲阿良公爵的金錢。

孔妲　親愛的，自從我認識你以來，你的脾氣還沒有改變，你對於天下事，總是找一些極小的理由。

萬提美　金錢之於窮光蛋，我不將牠叫做極小的理由呀。你還有比牠更大的麼？

孔妲　自由！

萬提美　那是甚麼？

孔妲　你那副嘲弄人的眼神，使我不安。你一瞧我，我便不知該當怎樣說了。我縱然知道，我也不說。我覺得便說出也無益，你不會懂的。至少，請你聽罷，瞧罷。

人民（在外面）　我們要巴士底呀！

萬提美（冷淡的）　是的，眞奇怪，眞奇怪。

羅內（驚愕着）　他們是甚麼鬼追着他們，這班笨蛋？

廢兵們（從吊橋板上所鑿的砲眼，瞧着外面，帶着關心與同情的態度）　有女人。有教士。有中級社會人。有軍人。……啊，那個小女孩也在那裏，騎於余蘭背上；她搖着小腿，像魔鬼一樣亂動！

傳祿（對瑞士兵）　這就好了，現在他們進了鼠籠了。關在砲臺的圍墻裏，我們從塔上便可高壓他們。

羅內　掃射外院罷！撲滅他們罷！

（傅祿同瑞士兵跑步的從塔門進去）

伯加耳與廢兵們（唧咕着）　這簡直要變爲屠宰場了。他們幾乎可以說沒有武裝。還有那些小孩子！……

人民　我們要巴士底呀！

（孔妲與萬提美未曾聽着傅、羅的談話。她一心注意羣衆，聽着他們的喚聲）

孔妲（對外面喚着）　鼓勇罷！我在你們之先奪得牠了！我第一個進來了！

（聽見鼓聲）

伯加耳與廢兵們（瞧着外面）　他們又要求談判。他們搖着手巾。他們向我們發出信號。

萬提美（瞧着外面）　京兆尹給他們領隊。

羅內　瞧瞧他們要甚麼！

萬提美　停止砲火！

（廢兵們倒下他們的槍。外面的鼓聲漸近濠溝。萬提美同幾個廢兵爬上右邊的門，從園墻缺口下臨進攻的羣衆）

萬提美（對人民）　你們要甚麽？

（同時有排槍之聲，從塔上發出）

萬提美（回頭）　糟糕！他們這是做甚麽？

廢兵們與羅內（着急）　這是瑞士兵在上面放槍。

——止住罷！止住罷！

（幾個廢兵跑進塔門，去通知瑞士兵）

萬提美（下到院裏）　太晚了！他們的工作做的眞精緻！請聽那種喊聲！……他們的槍沒有虛發的。人民以爲我們引誘他們中了埋伏。

（人民在外面，因悲痛與憤怒而大叫。萬提美回頭見孔妲來他身後，用懷恨眼神瞧他）

萬提美（失驚）　你有甚麽事，孔妲？

（孔不答突然搶過萬的佩劍，拔出鞘來，想刺他。廢兵們捉住孔手，制住她，雖然她極力掙扎）

萬提美（莫明其妙的）　你要殺我麽？

（孔不言，點首承認。她用凶惡的眼神死釘住他，迄於塲終，她未能道出隻字；只是像抽筋似的發抖，像畜類似的喘息）

萬提美（不安神的）　你的神經錯亂了吧！……究竟是怎麽一回事？我並未曾招你惹你呀。他們違反我的命令而開槍。你曾親眼看見哪……孔妲，你還認識我啵！……（她點首）怎樣！你真的恨我麽？……（她點首）對我說話噓，你不能說話麽？……

（他想用手撫她，而她憤然退避，極力同那抓住她手的兵士掙扎，終於向後倒地，像中了癲癇一般，——揣着筋。高聲號叫。兵士將她抬走，遠遠還聽得她野蠻的喊聲。——人民在外面死命狂呼）

羅內（作失措狀） 活像一個惡獸，……簡直不是她了。

萬提美 眞不是她。是一種外物，一種反動的靈魂，這些羣衆的流毒，向來爲人所不知的瘋病，侵入她身裏了。……呸！這些使我莫名其妙的怨氣；這種獸性的飄風，似從人類的窅邃處刮出；這一切都使我作嘔！

（瑞士兵們同傅祿從塔上下來）

羅內（迎上傅祿，作狂怒狀） 你那是做甚麼？你那是做甚麼？

傅祿（憤怒） 見鬼！我是照你所說的做呀！你命令我撲滅他們，所以我便盡我的職務。現在，據說你們又變了，風色轉向和平了。那叫人怎樣不糊塗呢？

羅內 我們現在完了！

傅祿 完了？

（他聳肩，示意瑞士兵，命他們將砲移近外院的門首）

伯加耳與廢兵們 你們做甚麼？

瑞士兵們　三通砲便可掃空外院。

伯加耳與廢兵們　你們不開砲吧？

瑞士兵們　爲甚麼不？

伯加耳　對着這些羣衆？那簡直是無情的屠殺！

瑞士兵們　於我們有甚麼要緊？

伯加耳　所要緊的，因爲他們是我們一家人，是像我們一樣的法國人。還有要緊的，是你們快將這砲推回原處，並不許開放。

瑞士兵們　走罷，讓路罷，殘剩的廢物！你讓我們過去不讓？

（他們推開伯加耳）

廢兵們　啊！這班混賬的德國人！（他們上刺刀）

瑞士兵們　將他摔倒罷！——這些半截人，這些殘餘貨！——他們以爲可以嚇倒我們咧！

伯加耳　你若往前進，我便開槍。

（他用槍瞄準瑞士兵。——萬提美與傅祿從中攔着他們）

傅祿　快放下槍！快放下槍！……他媽的鬼！（他用手杖亂打他們）

萬提美　這樣的瘋狗！

羅內（現絕望狀）　他們也造反了！他們也不肯戰鬥了！！唉全都完了！（他跑向砦裏去）

萬提美（扯住羅）　你上那裏去。

羅內（狂怒）　我去死！但是他們也同我們一齊死！

萬提美　你想怎樣辦？

羅內　在地窖裏。……有幾千桶火藥。……我去點火！……

萬提美（抗議）　你別這麽做！

羅內　我要做。

萬提美　要炸燬巴黎半邊城？那簡直是英雄的壯舉末！——不必罷，眞的，那太可笑了！人要是有所信仰，才可以這麽做。但是一無所爲，那便不在情理了。應當做一個好棋手，而輸棋的時候，不要推翻棋盤才是。

羅內　然而怎麼辦呢？

廢兵們　投降！

羅內　甚麼話！一輩子也不！王將巴士底付托於我。我不會將牠交給別人。

（他仍想進去——廢兵們抱住他）

廢兵們（對萬提美）　請大人指揮我們！

萬提美（冷淡的）　鎮守使病了。送他上房裏去，好生伺候他。

羅內（掙扎着）　漢奸！懦夫！（廢兵們擁走他）

萬提美（自言自語）　我在這馬蜂窩裏讓人擺布，眞是大愚。——沒有法子辦。要在乎用最漂亮的手腕渡此難關。——（高聲）傅先生！……

傅祿　你要甚麼？

萬提美　勞駕，我們來寫降表罷。

傅祿　要動筆墨？謝謝你，我不參預這些事。（他以背向萬）

（萬提美倚着砲身起稿）

瑞士兵甲（對傅祿）　他們要屠殺我們！

傅祿（冷淡的）　也許是吧。

（他坐於鼓上，燃着煙斗）

瑞士兵們（拭着額上的汗）　鬼熱的天氣！我們不會喝一口麼？

（瑞士兵乙往伙食棚取來水罐，遞於大家。——瑞士兵集合在左，同着他們的官長，現出淡視與煩悶之態。廢兵們在右，圍住萬提美倚着的砲，很恭敬的注視萬的動作。伯加耳在旁，手捧墨水壺。萬寫畢，低聲念與伯聽，伯點首贊成。他的同夥在他旁邊，複述文中的字句，亦頷首示意）

廢兵們（彼此交談，帶着嘲弄和欣喜的神氣）　羊捉住狠了！

萬提美　我要求他們保證不傷害一人。

伯加耳　我們這種要求，是毫不費力的。

萬提美（微笑）　他們允許這種要求也不費力呀。——（他走近傅祿）請你簽名。

傅祿（簽名着）　好漂亮的作戰方法！——歸結起來，這是他們法國人自己的事。

萬提美　所難的不是寫降書，而在使他們接讀降書。

（走近門邊的廢兵們，被外面槍砲迎擊）

廢兵們　他們簡直瘋了，他們誰也不讓人攏身。

伯加耳　將那封情書給我罷。【原文作 Poulet 雛鷄也，又訓情書，以信箋疊成三角形有如鳥翼故名】

廢兵們　你會送掉性命的，伯加耳。

伯加耳　那於我有甚麼關係？我去投降，不是爲救我的。

瑞士兵們　然則爲甚麼呢？

廢兵們（指着人民）　爲救他們的，自然哪！——（他們自夥交談，指着瑞士兵，帶輕蔑狀）

那些東西甚麼也不懂。

（伯加耳走向大門）

廢兵們（對伯加耳）　你想怎樣將文書遞給他們呢？

伯加耳（指着他的長矛）　放在我的編物針尖上。

萬提美（回頭向塔上）　扯起白旗來！

廢兵們（喊着）　喂！那上面的人哪！旗子！

（門開了。伯加耳上至墻的缺口，在吊橋之右）

伯加耳（搖動勝子，大喊）　投降了！投降了！（人民立刻以如怒濤似的罵聲和槍聲報之，伯受傷，站立不穩，伸拳怒喊）　傻豬們！是爲你們的爲你們的！

廢兵們（齊集吊橋邊，從砲洞瞧着，發喊）　莫開槍！莫開槍！

（外面亦有人喊『莫開槍，』唧唧噥噥的『投降了！降投了！』立刻遍傳。有些聽不淸晰的聲音，正在討論甚麼事。——不久便靜默了）

廢兵們（繼續瞧着）何施和余蘭跑到人民面前，槍口朝下……他們明白了。他們停住了。……他們上濠溝邊來了。

伯加耳（在圍牆缺口，極力伸出身去，從濠溝上面，伸出長矛尖上的降表）渾小子！快一點！能我沒有工夫再等了。

廢兵們（瞧着）余蘭拿過一塊木板。他搭在濠溝上面。……過來一個人了。他走不穩。他摔下了。……沒有，他又站住了。

伯加耳（喘息着）快來呀！快來呀！

廢兵們（繼續着）他夠着長矛了。他拿去文書了。……

伯加耳（站起來）事情辦好了。……（瞧着人民）討厭鬼！——（他舉起雙臂大呼）

國民萬歲呀！（他仰身倒地）

廢兵們 呵！那些渾蛋！他們殺他了！

（兩個廢兵去搬尸首，將他抬回，放在舞臺中間，萬提美腳邊）

萬提美（瞧着死的伯加耳於嘲弄之中雜以同情）『剩下的只有「世故」麼』——去世的世亡故的故吧……【原文爲 Le savoir-ue-plus-vre 以與世故 Le savoir-vivre 相對待遂成妙文無法迻譯】

廢兵們（張耳聽着）　聽着！（聽見外面大喊『准許投降！』廢兵們隨喊）准許投降了！

萬提美（漠然）　去報告鎮守使。

廢兵們　稟大人，他神經錯亂了，他在他房裏見東西就燬，他同小孩似的，又哭又笑。

萬提美（聳肩）　好罷，我代理他的職務一直到底罷。——（自言自語，譏諷之中微帶苦狀）我想不到有一天我會有這樣光彩，把法國王室，和這四百餘年的城堡，送入法律家之手。好一個漂亮的差事！鬼命運呵！……管他呢！一切都非無因，一切都是任便，一切過去。一切終了。一死可以解決一切。去罷！永別了罷！——我們獻給他們一種喜劇，擺一個大架子來收場罷。——（高聲）歸隊！排隊！

（守兵在院裏排隊，廢兵居右，瑞士兵居左，傅祿站着，萬提美亦起立，以手支杖）

萬提美　槍把向上！——先生們，我應當先告訴你們，雖然我曾經預防，也許敵人進來的時候，還有出乎意外的事變。你們要知道，他們不是有紀律的軍隊。然而他們若是不顧身分，那我們正多了一種理由，要顧全我們的身分。——瑞士先生們，我代表法王，謝謝你們的服從，你們比旁人的功勞更大些。（回頭望着廢兵們，微微的笑）至若你們麼，我們彼此心照能。（廢兵唧咕着贊同）

傅勑（冷淡的）　有甚麼關係！這是戰爭末！

廢兵丙（用口吹着曲調）『骨肉欣重聚，此樂何處尋。』

萬提美（轉身向他，帶着輕蔑不屑的神氣）　別作聲罷！別表示你的快樂，那太不像樣子，朋友。

廢兵丙　大人，這是不由得我。

萬提美　你現在以戰敗自豪了！

廢兵丙（熱烈的）　我們並沒有戰敗！若是我們不讓他們奪去巴士底，他們永遠也奪不

了去。（他的同伴表示贊同）

萬提美　你會說巴士底是我們奪了來的？

廢兵丙　這話也有些是眞的。

萬提美　言歸正傳。……——就你的位罷。——（靜默之後，高聲）開門罷。……放下吊橋。

（幾個人去開門慢慢的放下吊橋，前面羣衆怒駡之聲益高）

萬提美（現輕侮狀）　這便是新王到了！【以下有異文詳後附錄】

（吊橋放下了。極大的喧聲爆發。怒潮似的人從門口湧入，狂叫着，男的女的拿着槍矛和斧。雖倘在第一排，被擁着揮動佩刀而呼。何施與余蘭竭力鎮壓他們，終歸無效。——勝利和死的呼聲）

萬提美（脫帽，對守兵）　先生們，壞蛋來了。

幾個廢兵（忽然狂熱，搖着帽）　自由萬歲！

萬提美　咳，先生們，稍為留點面子罷。

幾個廢兵（聲音更大，帶着逾分的熱忱）　自由萬歲！——（他們拋下槍械，投入人民懷中）

萬提美（作不屑之態，聳着肩）　唉！可憐人類的理性，哪，你怎麼那樣不結實呢！——永別，能，萬提美先生！——（他折斷他的寶劍）

（斐尙神不守舍，被羣衆擁着，賣棻嫗與一羣狂怒的人，猛撲萬提美、傅祿及其兵士，圍着他們，拖着他們，推着他們出外，帶着野性的喊聲）

斐尙　挖出他們的腸子！

賣棻嫗　啊！狗貴族們！

人民　那些泥眼的瑞士兵！

——這些個呢？我認識他們！跛脚軍！

——啊哈！仇人！打死他們！他們用槍打了我們！

（何施與余蘭欲止住羣衆，反被他們所排擠，按在牆上）

何施　住手住手！

余蘭　這是萬不可能的。若是森河水泛，到還有法子止住。

何施（瞧着余）　你受了傷麼？

余蘭（帶笑）　你知道誰傷的？龔尙傷了的。

何施　那個懦夫啊！

余蘭　他現在凶惡極了。你若奪去狗所齧的骨頭，牠縱然懦弱，也要咬你的。你瞧他在那廂。

……還有孔妲，舞動他的長矛；還有那賣菜嫗，正在割斷那倒在地下的萬提美的喉嚨！……

……

何施（怒極了，左右亂打，定要過去）　我要殺他們。

余蘭　你過不去的，我對你說，你過不去的。

何施（又被羣衆擋回）　倒霉的東西！

余蘭　你原來不知道這個麼？……管他呢！人類又不是我們造出來的。

羣衆　那個廢兵逃了！……快打他！

戴木蘭　沒有爪子的魔鬼！消滅這些嚇小鳥的草人罷！將他們下在水牢裏，淹死他們罷！

何施（抓住戴的脖子）　閉住你的口罷！

戴木蘭（驚癡着）　甚麼？

何施　你醉了吧。

戴木蘭（不懂）　醉了？但是我……我……

何施　你喝血喝醉了。閉上嘴罷！

戴木蘭（以手撫額）　是的，……是的，……你的話對。——（他坐於界石上）

余蘭　來幫我們的忙罷。

（馬哈來了）

人民（爲馬哈讓路）　馬哈萬歲呀！

馬哈　喂！孩子們，你們那是做甚麼？

女人們　殺！殺！……

馬哈　殺他們！你們想將他們怎樣？想吃他們的肉麽。

（一部分的羣衆笑了）

余蘭　他知道好法子，要逗着他們樂。

何施　小姑娘在那裏？

余蘭　小姑娘！（何施跑去，覓尤麗）

戴木蘭（撲上前去、對羣衆）　住手，同志們，你們殺的乃是囚犯！

人民（驚呆着）　是囚犯？

戴木蘭　關在巴士底的囚犯。請瞧他們的灰色的囚衣！他們就是我們要想救出來的人。

人民（不能斷定）　不是的吧，那是仇人吧。

余蘭　再沒有仇人了。

尤麗（被何施抱着，舉起雙臂，手持綠枝，喊着）　赦了我們的朋友罷，赦了我們的「仇敵朋友」罷！

人民（笑着）　你聽見這個小把戲麽？

何施（當尤於砲架，徽出羣衆之上）　喊罷，小姑娘！「大家都是弟兄，大家都是朋友！」

尤麗　弟兄呀弟兄呀！……

人民　大家都是弟兄，她說的對。

廢兵們　人民萬歲呀！

人民　昔日的光榮萬歲呀！

廢兵們（對尤麗）　是你救了我們的，小姑娘。

人民　戰敗了你們的也是她呀，同志們。奪取巴士底的，便是這個小小的原子。

馬哈　你是我們的好良知！

人民　你是我們的小自由神！

（他們伸臂向尤麗，女人們用手送吻給她）

何施（看見余蘭亦與人民同受感動，拍余肩）　怎麼啦，余蘭？……你是永遠猜疑的人，你現在確信了麼？

余蘭（以手拭目，還是固執的）　是的，……雖然……

（何施與人民的笑聲，截斷了余蘭的話。他不說了，比旁人笑的還利害。他瞧瞧四周，瞧見門口牆內有一神龕，內置法王的像。他忽然走近像前，抓住牠）

余蘭　你，你滾下來罷！讓位給自由神罷！——（他擲王像於地，奪過尤麗，置於龕內）巴士底倒了！……這是我做出來的！這是我們做出來的！……我們還要做出許多別的來！我們要打掃俄及亞的馬廄，【Angias 見神話中大力神 Hercule 的故事】肅清地球上的惡魔，將猛獅一般的王權勒斃在我們手裏。我們的拳頭，要打倒專制政體，像鐵鎚打鐵礁一樣。鼓勇能夥計們，鑄造民國罷！……被壓榨許久而使我胸漲裂的力量呀，爆炸罷！瀰漫罷！革命的怒湍呀！泛濫出來罷！

賣菜嫗（馬騎着砲，頭披紅巾）　找王去罷！——這就是我的馬！我奪了來的。我要將這畜生，套在我的小車上，我們同上凡爾塞，拜訪那胖路易去罷。我有許多話要對他說。我的天呀！許久許久，我在那裏頭苦上加苦，忍着一切……我悶極了，我非吐出來不可。我眞是一個好傻子，自己忍耐，以爲應該受苦，好教富人歡喜！現在我明白了！我要活着！我要活着！所不幸的，就是我已年老了！糟極了！我要追償我所躭誤了的時間……咦！呀！好畜生，上宮裏去罷！

（她騎在砲上，被赤着脚戴着盔披着鐵甲的人民推着，過去了）

人民　上宮裏去罷！上凡爾塞去罷！——是的，我們受苦太受多了！我們要幸福！我們會自己去拿的。

戴木蘭（手持綠樹枝）　自由的森林，從街石上冒出來了。綠枝在風裏飄蕩着。巴黎垂老的人心，重放花了。春天到了！

人民（因快樂與自豪而心花怒發，手搖綠樹枝，身佩綠徽章，綠絲帶，綠樹葉）　自由了！天空是自由的！

（夕陽從吊橋的缺口進來了。牠的紫金色光線，浸着巴士底的院裏，映着佩帶樹枝的羣衆）

何施　太陽呀，你可以安睡了，我們今天，沒有躭誤時光。

孔姐　牠的垂死的火，映紅了巴士底的玻璃，搖曳着的樹枝，瀚海似的人頭，與小自由神。

余論　蒼天鳴着戰爭的鼓角了。

馬哈　像一千七百年以前，在綠樹枝裏出世的那一位一樣，（指耶穌）這個小姑娘不是爲帶「和平」給我們來的。

戴木蘭　我們身上有血了。

若布士皮耳（帶着濃厚的迷信）　是我們的血！

人民（激昂的）　是我的血！……是我的血！……自由呀，我們貢獻給你罷！

戴木蘭　我們將生命付之度外罷！大幸福是有代價的。

何施　我們已準備付代價。

若布士皮耳（誠懇的）　我們要付代價。

人民（熱忱的）　我們要付代價。

（跳舞隊繞着自由神組成了，奏樂）

孔如　同着大家是快樂的；同着大家相愛是快樂的；同着大家受苦是快樂的。我們彼此攜手罷！同爲博愛之舞罷，高歌罷，啊，巴黎的民衆今日是你的慶祝日哪！

馬哈　親愛的民衆，你們一聲不響的辛苦奮鬥，爲時太久了！好幾百年的痛苦，好容易才能得着今日的愉快！自由是屬於你們的了，你們好生保守你們的戰利品罷！

戴木蘭（對台下的觀衆）　而現在麼，現在是在乎諸位了！請完成我們的工作罷！巴士底打倒了，還剩有別的巴士底在。向前進攻罷！向誑語進攻罷！向黑夜進攻罷！精神終會戰勝蠻力的。過去的已破裂了。死的已死去了。

余蘭（對尤麗）　啊！我們的自由神哪！我們的光明，我們的愛神！你還多麼小啊！你還多麼嬌嫩啊！你能夠抵抗將來的風濤麼？長大罷，長大罷，親愛的小樹；筆直的壯健的向上長罷，拿你的青葱的氣味來娛樂世界罷！

何施（手執指揮刀，上自由神龕下的台基，立在第一級）自由神哪，在我們的雙臂保障之下，請你放心罷！我們牢抱着你。誰敢侵犯你的毫髮，誰就會倒霉！你是我們的，我們是你的。這些收穫物，這些戰利品，全是你的。（女人們擲花給自由人。男人們對她倒下長矛旗幟樹枝和巴士底的戰利品）然而這還不夠，我們要替你造成永久的勝利。巴黎老百姓的小女兒呀！你的清晳的雙目，須要爲被壓迫的民族放光呀！我們要擕着最利害的『平等』水準儀，周游世界。我們繞着你的仙鑾，用刀劍，用槍砲，轉戰萬里，走向人類親善和博愛的路上去！——弟兄！大家都是弟兄！大家都自由！且去解放世界罷！

（刀劍，戈矛，樹枝，手帕，冠和臂一齊搖曳，在歡呼與鼓角聲裏人民圍着自由神跳舞）

（第三幕終）

（全劇終）

# 附錄　第三幕之異文

按羅氏爲增加本劇之效力起見，主張由台下觀衆加入表演，並補以慷慨激昂之音樂，爲其感人之力甚大也。其第三幕殺降一場，微嫌有乖人道，故特於開演時删去之。

【接第一百五十一頁第八行】

（吊橋放下了。極大的喧聲爆發。怒潮似的人從門口湧入，蠕動着，狂叫着，男的女的拿着槍矛和斧。龍倘在第一排被擁着，揮動佩刀而呼。何施與余蘭竭力鎭壓羣衆，終歸無效。——勝利與死的呼聲）

萬提美（嘲笑的）　永別罷！萬先生！——（他脫帽，對守兵）先生們，壞蛋來了。

幾個廢兵（忽然狂熱，搖着帽，大呼）　自由萬歲！

萬提挨　嘤！先生們，留一點面子罷！

廢兵們（帶着過分的熱忱）　自由萬歲！

（他們拋下槍械投入人民懷中）【接末場】

末場　人民的慶祝——自由的凱旋

（七月十四日星期二午後七點鐘——市政府門前的廣場。人民喊着，笑着，四面亂跑，佩着綠徽章，綠絲帶，綠樹葉，搖着綠枝，自鳴得意，精神奮發，喜極而狂。在這人海之中，像碰擊石岩的浪花，浮着男人女人小孩，爬上馬車大車長梯高凳路燈，並彼此爬立肩上，大家持着綠枝搖動，有如大森林在夕陽裏蕩漾着。開場時，奏凱旋的音樂，在愉快的喧嚷，熱忱的喊聲裏終止）

人民（在舞台上跑着，手持樹枝，一齊發喊）　自由了！我們自由了！

戚木蘭（手持綠枝）　自由的森林，從街石上冒出來了。綠樹枝在風裏飄蕩着。巴黎垂老的人心，重放花了。春天到了！

人民（齊聲）　自由了！天空是自由的！（各人的聲音分開着，又互碰着，像閃光一樣）

——打碎了，那舉在我們頭上的拳頭！

——踹在我們腳底下了，那個畜生！

——牠被我們奪到手了！牠被我們奪到手了！

——（齊聲）我們戰勝了他們了！

戴木蘭　這個嚇小鳥的幌子一樣的巴士底；這張獅子皮，裏面藏着他們凶殘的懦弱，從他們肩上剝下來了！……現在只露着一個赤裸裸的戰慄而可笑的王，就是我們的仇敵那個王！

人民　擒王去罷！【原文 échec au roi 爲象棋術語譯言「照將」】王敗了！

賈萊婭（馬騎着砲頭披紅巾）　找王去罷！找王去罷！——這就是我的馬！我奪了來的。我要將這畜生套在我的小車上；我們同上凡爾塞，拜訪那胖路易，那加伯老大去。我有許多話要對他說。我的天哪！許久許久，我在那裏頭苦上加苦，忍着一切……我悶極了，我非吐出來不可。我眞是一個好傻子，自己忍耐，以爲應該受苦，好教富人歡喜！現在我明白了！我要活着！我要活着！所不幸的就是我已年老了！糟極了！我要追回我所躭誤了的時間！……

咦！吁！好畜生，上宮裏去罷！

（她騎在砲上，被帶着盔拿着盾牌槍矛披着鎧甲的平民中級社會人女人們，推着擁着，過去了。前面有四個鼓手一個襤褸的乞丐，光着脚；一個女人一個小孩；一個中階社會的老人，像法院的承發吏一樣，又整飭又倨傲。滑稽式的軍隊步伐，帶着鼓聲與笛聲）

人民　上宮裏去罷！上凡爾塞去罷！找王去罷！

——是的，我們受苦太受多了！我們要幸福！我們會自己去拿的！

孔妲（披着金黃髮，赤着臂，露着胸乳，手持綠葉纍纍的樹枝，圍着一羣女人少年小孩，亦皆手持長枝）　勝利呀！我們征服你了！我的心因痛快而在我胸中高躍，我同小羊一樣唉了自由的葡萄藤了；牠的沉醉，沃了我的神智，使我騰空而起。我做了甚麽？我不知道，然而我知道我是戰勝者，我撲滅敵人了。自己覺得浮沉在這人海裏，被他們帶着走，像波浪一般雜蹈着，這是何等的快樂啊！啊！鼓盪我之身心的人民呀，我要你們，我就是你們的喉舌，就是為你們鳴出勝利與快樂的號角！

戴木蘭　被自由麻醉了的革命的巫婆呀，【原文 Bacchante 為酒神 Bacchus 之女祭司】你身上發放出來的，究竟是『愛』還是『恨』啊？一種淫浪和殺人的毒光，包着你的眼神，和潮溼的朱脣。你的手指，是被酒或是被血染紅了的呢？——不管怎樣！我是愛你的，勝利呀！狂叫罷！【原文為 Evoé！女祭司 Bacchante 為酒神舉行秘密儀式時，披髮，冠野葡萄冕，手持神杖，狂跳亂舞，口中大呼 Evoé！】歌詠自由罷！

天主教修士與神父們（各種階級的教士持着槍，十字架，神旛，用拉丁文唱頌聖之歌）

哆嗟呢，撒耳梵啡克根否，厄鎮克薩的娜士英的刮英佛加唯哩模士特！【原文 Donune, salvam fac gentem, et exaudi nos in die quâ invocaverimus te】

人民　團發們萬歲！聖熱內維萬歲！【Sainle Geneviève 為巴黎之城隍神名】

戴木蘭　教皇傻子，紅衣傻子，主教傻子，神父傻子，修士傻子萬歲呀！精傻子萬歲呀！【戴戲

做拉丁文音調亂喊以譏教士】

學生們（同女人們手挽手的唱瓦德之歌【Vadée】——喇叭與手琴合奏）

『無上的幸福，

我所愛的寶貝，

就是自由。

我的心裏痛快極了。……』

人民　酸秀士萬歲！【原文 Basoche 譯言從事法律的人們】

戴木蘭　快脫帽向筆尖兒致敬哪！巴士底的命就喪在牠手裏！

學生甲（推着手車）　出賣巴士底的殘磚呀！十個銅元一塊，十個銅元一塊！

人民（笑着）　喇！這個開玩笑的人！能還沒有宰，就賣牠的皮。

學生甲　殘磚呀！

其餘的學生們（抬着一大幅標語，上寫着，『巴士底關了門，文人們沒有住所了！』）　可

憐可憐罷，公民們！好人們今晚上那裏睡覺呢？再沒有巴士底了。（羣衆皆笑）

（龔尙被笑着喊着的學生們扛在肩上，他手持指揮刀，頭戴桂冠，活像一個西倫神）

學生們　英雄的龔尙！——不期然而然的英雄！——像坡力約而色得一樣的龔尙！【原文 Poliorcète 為馬基頓王 Démétrius 之混名譯言攻城奪地的健將】

人民　龔尙是王的對頭，貴族的難星！

學生們　他因為怕極了，所以他第一個進去。他逃入敵軍裏頭，所以他使敵人都逃了。

戴木蘭　混張！誰許你去奪巴士底的？你僭越了你所不配享受的一種榮譽，該當挨鞭子。

學先乙　他的主人們會替我們處置的。他們會絞死他的。

學生們　龔尙，你將受絞刑的！你奪了巴士底了！

（抬龔尙的人們將他在肩上顛播着。龔尙只是抖擻，被激發，現驚駭狀，很笨的搖着指揮刀，脫他的桂冠行禮。羣衆繞着他跳舞，並用粗俚的民間曲調唱着：「你要受絞刑，龔尙，你要受絞刑，絞刑，……」）

戴木蘭　這個怪東西自以爲了不得。揍死他！

馬哈（心平氣和的，因羣衆的歡樂而微笑着）　讓他們玩笑罷！戰勝了的人，不必再『恨』了。劣性的暴露，不過可笑而已。讓這滑稽的妖怪，開開他們的心罷！

（跟在龔尙與學生們的後邊，有各種職業的下等社會人來了，拿着他們的工具，如鐵匠的鎚及皮圍裙，屠戶的刀，樵夫的大斧，鐮刀，鉄耙之類。——旣而歡呼之聲雷動，尤麗立在巴士底的大門上，手持樹枝，挺立不動，被十二三名漢子抬着來了。她的脚踹着一串鉄鏈子。余蘭與何施前導，——余科着頭，光着脖子，穿着襯衫，肩着斧，——何將巴士底的降表，掛在他的指揮刀尖上）

戴木蘭　何施和余蘭來了！好一對爵士古兒！【Castor 與 Pollux 爲 Jupiter 之孿生子，友愛綦篤，有爵士古兒之稱，今人以比刎頸之交】還有那位童女，用赤脚踏着戰敗的專制主義，那巴士底的大門！

人民　降表呀！——鑰匙呀！——鐵索呀！

馬哈　束縛人類的鐵索打斷了！

臧木蘭　鳥籠開了。自由鳥啊，飛罷！

人民（認出游行隊中之廢兵和瑞士兵）　那些人呢，他們是誰？

——那是混賬的瑞士兵！

——這些人呢，我認識，他們是跛腳軍。

——啊哈！仇人來了！揍死他們罷！

（他們嘴裏胡啃着，便要動手。——何施、余蘭與馬哈同來解勸）

馬哈　你們想把他們怎樣？想吃他們的肉麼？

（人民發笑）

余蘭　戰爭完了！

何施　再沒有仇人了！

尤麗（喊着）　爲我們的朋友開恩罷，爲我們的「仇敵朋友」開恩罷！

人民（笑着）　你聽見這位小姑娘說的麼？

何施　大家都是弟兄，大家都是朋友！

尤麗　弟兄呀！弟兄呀！

人民　大家都是弟兄，她說的對！

廢兵們　人民萬歲！

人民　昔日的光榮萬歲！

廢兵們（對尤麗）　小姑娘，小姑娘，是你救了我們了。

人民　也是她戰敗你們的，同志。奪取巴士底的，就是這個小小的原子。

馬哈　你就是我們的好良知！

人民　你就是我們的小自由神！

（他們伸臂向她。女人用手送吻給她。她因感動而閉目微笑，並伸出小臂）

何施（余蘭亦與人民同受感動，何施拍他的肩）　怎麼啦，余蘭，你是永遠猜疑的人，你現在確信了吧？

余蘭（以手拭目——還是執拗的）是的，——雖然……

（何與人民的笑聲截斷了余的話，他止住話，比旁人笑的更利害，他四顧，見廣場第一所房子的牆隅，有一神龕，內置神像或王的塑像，他突然走近像前，抓住牠）

余蘭 你，你滾下來吧！讓位給自由神罷！（他扔牠在地上，抱過尤麗，放在神龕裏）巴士底倒了！……這是我做出來的，這是我們做出來的！——我們還要做出許多別的來！我們要打掃俄及亞的馬廐【注見前】肅清地球上的惡魔，將猛獅似的王權勒死在我們手中。我們的拳頭要去打專制政體，像鐵鎚打鐵礁一樣……鼓勇罷，夥計們，鑄造民國罷！……被壓榨許久而使我胸膛濺發的力量呀，爆炸罷！瀰漫罷！革命的怒潮呀，泛濫出來罷！

（樂隊獨奏英雄的進行曲。——夕陽用牠的紫金光線罩着廣場，羣衆，綠樹枝，與小自由神）

何施 太陽呀，你可以安睡了，我們今日沒有白費時光。

孔妲　牠的垂死的火，映紅了市政府的窗戶玻璃，搖曳着的樹枝，瀚海似的人類，和小自由神。

余蘭　蒼天鳴着戰爭的鼓角了。

馬哈　像一千七百年以前在綠樹枝裏出世的那一位一樣，這個小姑娘不是爲帶「和平」給我們來的。

戴木蘭　我們身上有血了！

若布士皮耳（帶着濃厚的迷信）　是我們的血！

人民（激昂的）　是我的血！

——是我的血！

——自由呀，我們獻與你罷！

戴木蘭　我們將生命置之度外罷！大幸福是有代價的。

何旋　我們已準備付代價。

耆布士皮耳（興奮的）　我們要付代價。

人民（熱忱的）　我們要付代價！

（跳舞隊組成了。音樂隨着以下的演說）

戴木蘭　自由之花，在人世的監獄裏開放了。啊！小姑娘呀！你的綠枝，就是一根魔棒，使幸福的青苗，從酣睡的地上冒出來，你將牠整個的價值盡量暴露了。生命從今日開始了。世上黑暗的暴力呀，我們制伏你了。——（他忽然轉身向台下觀衆）而現在嚒，是在乎諸位了！請完成我們的工作罷，巴士底打倒了，剩下還有其他的巴士底在。向前進攻罷！向誑語進攻罷！向黑夜進攻罷！精神終會戰勝暴力的。過去的已破滅了，死的已死去了！

（合唱合舞）

孔妲（對台下觀衆）　弟兄們，隨着我們唱罷！我們的慶祝，就是諸位的慶祝。這不是一椿過去事實的空幻印象。這是我們公共的勝利，是我們的解放！我們打破了人類的圍牆了。多少世紀只是一個世紀；多少靈魂，只是一個靈魂。笑罷，笑罷，愛情呀，快樂跟着我們了。一人同着大家是快樂的；同着大家相愛，是快樂的；同着大家受苦，是快樂的！我們彼此攜手罷！且爲博愛之犧牲罷！巴黎的人民哪，高歌罷！今日是你們的慶祝日！

（音樂與歌唱）【著者主張於孔妲言畢後，由台下觀衆尤其是樓上觀衆高聲齊和】

馬哈（對台下觀衆）　親愛的人民，諸位沉默的辛苦奮鬥，爲時太久了！好幾百年的痛苦，好容易才非得着今日的快樂呀！自由是諸位所有的了。好生保守諸位的戰利品罷！

余蘭（對尤麗）　啊，我們的自由神，我們的光明，我們的愛神哪！你還多麼小啊！你還多麼嬌嫩啊！你能夠抵抗未來的風濤麽？……長大罷，長大罷！親愛的小樹！一直的，壯健的，向上長罷！拿你的青草地的清香，來娛樂世人罷！

（號角齊鳴）【著者主張全體觀衆齊聲和着下文何施的演說，隨唱隨舞】

何施（手持指揮刀，上自由神龕下的台基，立在第一級）　自由神哪，在我們的雙臂保障之下，請你放心罷！我們卒抱着你。誰敢侵犯你的毫髮，誰就會倒霉！你是我們的，我們是你的。這些收穫物，這些戰利品，全是你的。（女人們擲花給自由神。男人們對她倒下長矛旗織樹枝和巴士底的戰利品）然而這還不夠，我們要替你造成永久的勝利。巴黎老百姓的小女兒呀！你的淸晳的眼睛，須要爲被壓迫的民族放光呀！我們要擕着最利害的『平等』水準儀，周遊世界。我們要鴐着你的仙鑾，用刀劍，用槍砲，轉戰萬里，走向人類親善和博愛的路上去！——弟兄！大家都是弟兄！大家都自由且去解放世界罷！

（樓上下觀衆，與台上演員，齊聲合唱。——寶劍，長矛，樹枝，手帕，帽子，手，一齊在歡呼聲裏搖曳着。全體且唱且繞着自由神而舞）

（全劇終）

中華民國二十三年四月初版

版權所有 翻印必究

（一二六四八）
世界文學名著 七月十四日一冊
Le 14 Juillet
每冊定價大洋陸角伍分
外埠酌加運費匯費

原著者 Romain Rolland
譯述者 賀之才
發行人 王雲五 上海河南路
印刷所 商務印書館 上海河南路
發行所 商務印書館 上海及各埠

（本書校對者王永良）